石头与桃花

西西

译林出版社

图书在版编目（CIP）数据

石头与桃花／西西著. —南京：译林出版社，
2024.10
（西西作品）
ISBN 978-7-5753-0106-0

Ⅰ.①石… Ⅱ.①西… Ⅲ.①中篇小说－小说集－中国－当代②短篇小说－小说集－中国－当代 Ⅳ.
①I247.7

中国国家版本馆CIP数据核字（2024）第065909号

石头与桃花　西　西／著

责任编辑	管小榕
特约编辑	刘盟赟
装帧设计	黄子钦
校　　对	孙玉兰　梅　娟
责任印制	闻嫒嫒

出版发行	译林出版社
地　　址	南京市湖南路1号A楼
邮　　箱	yilin@yilin.com
网　　址	www.yilin.com
市场热线	025-86633278
排　　版	南京展望文化发展有限公司
印　　刷	南京爱德印刷有限公司
开　　本	850毫米×1168毫米 1/32
印　　张	6.625
插　　页	4
版　　次	2024年10月第1版
印　　次	2024年10月第1次印刷
书　　号	ISBN 978-7-5753-0106-0
定　　价	59.00元

版权所有·侵权必究

译林版图书若有印装错误可向出版社调换。质量热线：025-83658316

目录

卷一

文体练习	3
仿物	9
星尘	24
石头述异	48
桃花坞	84
土瓜湾叙事	104

卷二

离岛　　　　　　　159

一封信　　　　　　162

我从火车上下来　　170

泳　　　　　　　　175

划艇　　　　　　　179

风扇　　　　　　　183

冰箱　　　　　　　194

浮板　　　　　　　199

几句代跋　　　　**202**
小说发表日期　　**205**

卷一

文体练习

《文体练习》（又名《风格练习》，*Exercices de style*）是法国作家雷蒙·格诺（Raymond Queneau, 1903—1976）写的小说。从作品的名字看，可以知道，这个小说主要不是写什么故事。虽然，情节仍是有的，人物也有，时间、地点都齐全，但那些都不重要。作者的目的是想展示"怎么写"，而不是"写什么"。

格诺最广为人知的作品是一九五九年发表的小说《莎西在地下铁》（又名《扎齐坐地铁》，*Zazie dans le métro*），因为新浪潮的名导路易·马勒将它拍成电影。《文体练习》的内容很简单，几行就可以写完。话说叙事者（"我"）乘搭公交车，在车上见到一个男子和身旁的乘客争吵，又火速抢占座位。稍后，叙事者在另一车站又见到这男子，男子的同伴建议他在风衣上多加一颗纽扣。

脾气暴躁的人、不同的时间、不同的地点；争执、纽扣，都是芝麻小事，甚至各不相干。总共两小段、八行字，其实算不得情节，很难写成小说。那么，如何衍生、变化成二百多页的一本书呢？那是作者从起首的八行字发展的结果，作者用不同的方式，延伸出九十九则故事，仿佛写作的练习，不同文体的练习。这八行字，是限制，也是挑战。这令人想起阿兰·罗伯-格里耶新小说的做法，每次重复又写多一些。不过同中有异，格诺是同样的材料，却尝试不同的烹调。

我觉得全书非常有趣，读了也练习写一篇，向这位前辈致敬。他写了九十九则，我呢，会写六则。六则，大概也够了。事实上，不同的人对同样的物事，即使芝麻小事，也会有不同的看法。这是个歧异、分裂的社会。这样说，并没有贬义，换一个说法是：多元。"怎么写"与"写什么"，毕竟是一个大银的两面，只是游戏的时候，有人选公仔，有人选字。

从前

这条街的楼房，楼下都是商铺，楼上全是住宅。住在这里的居民大多都感到满意，因为楼下有两间茶楼、两家银行、一间邮局、两间超市。还有一间诊所、一些其他的小店、办馆。可以自成一个自足的小区。而且街道相当宁静，很清洁，行人道上隔十来步就有一棵树，数数，一共十棵。

街头还有一间凉茶铺，养了一只波斯猫，纯白色，圆头宽脸，喜欢坐在凳子上，性情待考，年龄？看它大帅似的胡子，应该也不小了。街尾有一间洗衣店，也养了一只唐猫，啡黄色，虎斑纹，年轻得多，喜欢坐在门口，很乖。看了麻雀，只是兴奋地、凝神地注视，并没有走出扑打。

当下

　　这条街的楼房，楼下都是商铺，楼上全是住宅。住在楼上的居民大多都不满意，因为两家银行都不见了，一里外才有两个自动柜员机。楼下两家茶楼，不再接待街坊，只服务一团一团的访客。旅游车一车一车驶来，堵塞了街道。诊所关了门。街前街尾的小店变成五间巧克力店、三间药妆店，专卖政府注册免税正药云云。社会是应该进步、向前的，一个酒楼老板说，你不能改变潮流，那就改变自己吧。

　　游客簇拥，来了又去，遮蔽了街道，行人都只好走到马路上去。街道非常肮脏，满地纸屑和烟蒂。空气污浊，喧声四起。楼下的管理处都贴上温馨提示：请勿堵塞门口，给我们一条生路，让我们通过。洗衣店的玻璃橱窗上贴一告示：内猫甚恶，伸手弄它，后果自负。

叙事

　　这条街的街头有一间凉茶铺，养了一只乳白色的波斯猫，扁鼻扁脸，两道泪痕，其貌不扬，近白者痴，一副九品芝麻官模样，常和茶客平起平坐，朦然对望。叫它阿宝，它好像听到，又好像没有。

街尾的洗衣店，养了一只短毛啡黄色唐猫女，生得眉清目秀，个性温驯，名叫芝芝。路过时与它对望，芝芝，它会文静地眨眼，非常友善。恶猫云云，全因新闻报道，某店有游客母子入内，不知何故，小孩见猫就拖它的尾巴，被猫转头咬了一口，妇人向店主索偿三十万。

电台的新闻记者访问过妇人，她整理一下头发，说，赔钱事小，小孩担惊受怕事大，难保不会产生噩梦，影响他的成长，难道畜生比人更重要吗？

意识流

凉茶铺的白猫，性别不详，一味痴肥，终日睡在一张凳上，一动不动，也不作声。茶客偶然逗它，它也不理睬。它可会内心独白？我不喜欢凉茶的气味，我又没有感冒；不过也惯了，还有什么惊喜。当它抖着小腿做梦，谁知道它会梦见什么。白鸽、鲑鱼、小狗、和尚、春天。

意识流？洗衣店的芝芝最拿手，虽然它不知道何谓内心独白、何谓意识流。它完全不会分别。它又不是第一只不会分别的猫。它在地上伸一下懒腰，霍地跳上桌子，呆了一阵，不记得想做什么，忽然又跑到门口，站定，怎么在门口了？门外除了一棵枝叶稀疏的树，久已没有来访的麻雀。它竖直耳朵，好像听到一棵树在惨叫。

一个月之前、两个月之前？一辆给超市送货的货车，把其中一棵树撞倒了。

前晚期风格

　　洗衣店店主手持扫帚，在店门外打扫，都是游客留下来的垃圾，这是他每天打烊前的例行工夫。他还为店前左右两棵树洒水。这两棵树被主理民政的人裁剪得七零八落，半生不活。洗衣店的生意还是可以的，尽管同一街道，已开了两家自助的洗衣店。芝芝呢，也循例每天清早在店门口排开三至五只蟑螂，献给户主。户主抚抚它的头，它站得挺直，卷起尾巴，眯起眼睛。户主晚上回家，就留下芝芝看守。它度过了许多许多个孤独的夜晚，然后等待门闸拉开。

　　两名妇人坐在凉茶铺的角落吃龟苓膏，一名长者站在行人道上喝廿四味，他手持拐杖，对老板说，我三天不喝凉茶，就喉咙干燥、热气，知道吗，你爸爸当年开铺时，不是廿四味，而是廿八味，味外有味。老板答，能撑到今天，你以为容易吗，真是有苦自家知。

　　波斯猫阿宝一直躺卧在柜台上，它多年前已听过这位长者的想当年。这时一只蟑螂在台上悄悄爬过，马上发现什么，停下来，原来是一双半开半闭的大眼睛。对望了好一会，再急急窜过。谁知道，不是死定了的么？阿宝缩起四肢，继续闭目养神。

后晚期风格

　　凉茶铺怎能没有猫？小宝是另一只波斯猫，不过是灰色的，精灵活泼。客人有的在店外喝多年味道不变的廿四味，进来坐下喝的是感冒茶，瓷碗里的茶太热了，等一下。小宝高兴极了，在客人脚下缠绕，用头揩擦，直到客人摸摸它的头，很乖的小猫。但也有那么一个人，马上提起双脚，苦茶未喝，已经一脸鬼见愁。她住在楼上，要不是重感冒，也不会下楼。她说，再来，我一脚把你踢出门外。小宝很错愕，它只见那人咬牙切齿，会说她的话就好了。她再说，我每星期打死两只猫，这星期还未发市。这时凉茶铺铺主也紧张起来。她低声对他说：精神上的。

　　芝芝呢？瘦了许多，食欲不振。看过两三次医生，照过X光，发觉大肠有小肿块，不知是良性还是恶性，但年纪大了，不宜开刀。户主把它的睡篮放在门旁，让它可以看看门外。它偶然抬头，有雀鸟飞过，也没有太大的兴趣，低下头睡去了。户主摸摸它，芝芝，芝芝。它也不打开眼睛，只是喉头呼噜呼噜，好像说，放心，我很好。

二〇一五年五月

仿物

重读乔治·佩雷克（Georges Perec, 1936—1982）小说《物》（*Les Choses*），仍然很喜欢。我一直对别人描写房子、家具、室内布置等物的作品很着迷。这也是我后来喜欢玩微型屋的原因，追溯起来可能是我中学的家政老师的培育，不知是祸是福，上课时师生只有我俩，她常常带新出版的室内设计杂志让我看。

法国作家佩雷克是波兰犹太移民后裔，好像离我们久远了。对我来说，才不呢，他和我原来只相差一岁。我读他的《生活使用手册》（又名《人生拼图版》，*La Vie mode d'emploi*）而认识他，那时就喜欢。如今重读《物》，试仿写一篇，向这位早夭的天才致敬。

佩雷克的作品，当初披露，一般以为是法国"新小说"的类型，是阿兰·罗伯-格里耶、娜塔丽·萨洛特、克洛德·西素等的稍后之秀。"新小说"的理论说得头头是道，作品却并不好看，只有西蒙是例外。不过，评者逐渐看到佩雷克和"新小说"其实不同，他并不"纯客观"，笔下有更多社会现实的内容。

《物》原名是众数，当然有许多对象好写。我尝试写得简约些。读者若觉得沉闷，不要再看下去好了。

第一部分

打开寓所的大门，大家会看见一个长方形的大房间，有点像个平行四边形。其中，左右的墙短些，前后的墙长些。四周都是墙，只有一个大窗在对面角落。另有一门在这边角落，如此而已。

嗯，这会是众人的看法。我可不这么看。因为这是我经过许多年构思、设计和筑造的。这，是我生活的地方，我的家。

一、玄关

打开大门，只见四周被墙包围。我们站在门口，门的右手这边是东墙，阔二米；左手那边是南墙，阔七米。您见到的应该只是二乘七米的一幅面积。但我，我的计算法不只是一个大空间，而是五个小空间，彼此之间相连，没有边界。

这第一个空间，依我的设计是玄关，是入口处二乘二米的小小面积。虽然小，却贴墙摆了两个高柜，一个是带玻璃门的棉织品储藏柜。我的棉织品实则不多，不外是些床单、枕袋、台布。当初买回来原想作书柜，哪知不是任何柜都可用来装书。新柜装下一排书后，横木已经以弧形姿态表示抗议。所以，这柜只有最低的一层才放书，上两层都是轻巧的玩具。

另一个柜是古色古香的中国木柜，满身雕刻了花卉，分上下两层。上层如同古建筑的槅扇，由棂条构成。内有小抽屉，并有隐秘的暗格。这个柜看似轻巧，却很扎实，所以装满书本。

两个柜排排站，柜顶还可摆瓶瓶罐罐，甚至一座森林家族娃娃屋。柜侧靠着一个四折屏风和两个大瓷花瓶及一个箭筒。

二、饭厅

门口左边贴墙站着一个一米高的柜，从正面看，分两部分，上半是两个抽屉，下半是两扇门，身上刻有少量几何图案。柜顶上搁着面貌清新的圆形时钟。

柜的对面，也是贴墙，站立一个高柜，由木条和玻璃框格组成，模样似哥特式建筑，被我称为"大教堂"。此柜前面摆有一方桌和两把靠背椅。这个空间，是我家饭厅。为什么伴着饭厅的只有两把椅子？因为我家只住着两个人。

我家饭桌和椅子并非一套，它们互不相关。桌子是桌子，椅子归椅子，分别散买回来。不过，椅子却又特别些，把把不同，身上各有花朵纹样，在一间叫 Tequila Kola 的家具店的 bargain corner 捡得，一共六把，分布家中各个角落。这些不成套的椅子，显然是整套中被抽离出来的剩余分子，其中有破损败坏的地方，于是遭肢解重组、七拼八凑，勉强组合起来，成为孤寡的流浪者。

三、客厅

从饭厅向左方延伸，是我家客厅，极少宾客来访，二乘二米的空间已经足够。饭桌旁是一张两座位沙发，对面是张单人靠背框架木凳。一只茶几挤在木凳和矮柜中间，茶几上放着电话。沙发前有一木箱，当茶几用。简单的四件家具，构成了我的小客厅。木凳背后墙上挂了一张土耳其羊毛地毯，内容是十六幅清真寺的列阵，每座清真寺内长着一棵生命树。

四、影音室

从沙发再向左延伸，是另一个矮柜，刚好位于北墙的大窗下，柜面上有时会出现盆栽，通常只是摆着彩色玻璃瓶和青花瓷盆。大窗开在东西墙的交接处，再无可延伸，只可拐弯接西墙，那幅墙前是一个矮架，托起一台电视。电视之上的大片空间恰好适合挂海报，这时挂的是马蒂斯的《红房间》。此一空间正是我的影音室。

五、书房

这是一个很别致的设计，被称为"园中园"，灵感源自江南水乡园林独特的布局。一如那些拙政园、沧浪亭、网师园等。在园林整体的大面积中，会以围墙隔间出一个小小的精致的小园舍，离群独立，一派孤芳自赏的气味，这就是园中园的隐逸气质。其实，在一般的家居楼房中，即使空间狭窄，书房仍有可能营搭在任何角落、凹凸空隙，以一张小桌，加一矮凳，即可做成。何况二百平方呎的面积。

在电视机的一旁，西墙与南墙的交界处，正空着一幅二乘二米的方格，于是成为大室内的园中园，其中全部家具仅四件：一座高柜贴紧西南墙的拐角，正好连接旁边的电视。这高柜是罕见之作，分上下两层，上层双门为玻璃柜，下层共十六个抽屉：横直四行，每行四个，带金属把手。每一抽屉可收纳二十枚CD，正配合旁边的音响组合。翻查家具黄页，并无数据可以追踪，不知属于什么年代、风格、历史，柜顶还冒出两个圆拱。整体厚实紧凑内敛，和室内的"大教堂"各呈异趣，因此称之为"罗马教堂"。

一把靠背椅摆在此教堂前，椅前是一张花梨木书桌，属掀板式书台，用时打开，不用时关上，变回矮柜。此乃西洋式设计，盛行于十九世纪，桌面有栅格及小抽屉，桌子本身有三个大抽屉代替台脚。这张书桌的摆法与众家具不同，并不与墙平行，虽贴墙，却是与之成一直角。书桌背面则是另一矮书柜，两者高矮长短相若，故背对背而立，形成一道"九龙壁"，书桌向西，书柜向东。屋主在这角落读书、书写，不受干扰。电视旁边还有一柱象牙色落地灯照明。一位曾到此地茶叙的友人对满身刻花的书桌看了半天，问道，在哪里可以买到？

答曰，是在中艺，当年的弥敦道大火烧毁的嘉利大厦地库。电视前一个绘满鸟的小漆柜也是在那里购得，都是数十年前的往事了。

六、走廊

回到寓所的大门口。从这守宅大将军朝前走五步，就到了房子内部第一道门。搬进来时门并不存在，而是在装修的时候特别加插的。这么一来，因为有了一扇门，屋内就可分隔为前后两个明显的分区；再说，一扇门可以成为很漂亮的室内装饰品。任何一块平平无奇的门板，可以挖空中心的部分，用木条把那中空的空隙分为十二等份，然后镶上一幅大玻璃，于是，门扇双面透明了。光是通透，缺乏创意，也显得呆滞，应该挂一幅布帘在门上，正如当下的模样：布帘是白底蓝花，图画是田园风光，小桥流水、茅屋花树点缀其间，远远有两只身穿维多利亚服饰的猫儿提着藤篮到郊野来野餐。那边是三只猫儿在奏乐，一个打鼓，一个吹牧笛，一个唱歌；那边是两只猫儿，穿着水手装、戴着阔边草帽骑着脚踏车。每次看见就觉得心旷神怡。门帘何止一幅，冬天的是一幅中国水墨风景，夏天就换上洁白蕾丝织品，帘腰系上明黄飘絮流苏。

还是把寓所的大门关上才是。门背后原来放了一件四折屏风，没有展开，屏风可以放在任何位置，可护私隐，屋小，倒委屈它了。这屏风身上并无刺绣图画，也没有任何珠宝玉石饰物，却是个精心制作的画框,每折分别隔出五个小小的方格,一件屏风可展示二十幅图画,真是惊人。如今框格内嵌的是伊斯兰建筑的图片,早一阵还展示过为配合圣诞节的文艺复兴画家所绘的各式圣母及天使。把家里的斗室几乎变作画廊了。目前,大门背后静悄悄的,屏风前的地上摆了两个大花瓶和一个箭筒,一卷卷海报正插在筒内。

早些年,街市的天桥底下有一间缸瓦铺,忽然一日,摆出许多瓷器,有花瓶、箭筒、盖碗等青花或彩绘物体,据说是秋季交易会展览完的货品,不是什么精品,运来销售,价钱都是二三十元一件。每天就去搬几件回家,虽然打破了不少,还是堆得满屋子都是,柜台上、橱顶上仍见到它们,和一众娃娃屋争风采。小走廊内的一个印度彩绘朱红矮柜上面,不是还有一件鹅蛋形的瓷碗么,碗盖却是一只绿色的鸭子。

小走廊很短,五步走完,但令人惊讶地拥有五扇门,也就是从它可以进入五个不同的空间,的确是五福临门了。但它本身只容得下一个矮柜,以及墙上一幅中国古刺绣。朱红色刺绣绣的是鸳鸯戏水。画中为一株植物,两朵荷花,一片莲叶及一朵莲蓬。针步极细密,不留一线空隙,有趣的是,两只鸳鸯看来看去,竟一模一样。

七、厨房

走廊内的第一道门是入口。进口的左边是厨房。本来,走廊与厨房之间有一扇隔门，可是经过考虑，那门给拆除了。业主搬进来时，只有两个人居住，她们是两姊妹。妹妹长久以来，是家族人口中的家务卿，此职日久不变，尤其是她是厨艺高手。厨房的一切，由她打理，有责，就有权，无论设备、摆设，都由她决定。单从外表看，这厨房和所有的厨房相似，不外炉灶锅镬，只有站在走廊上，闻到食物的气味才知一二。

八、浴室

同样地，浴室在厨房斜对面，也是家务卿管辖之地，其内容也和任何浴室的内容相同，拥有浴缸和洗衣机、镜箱和杂物柜。与众不同的只是采用象牙色的墙砖和淡咖啡色的地砖，砖墙上只有四块花卉图案的西班牙方格砖饰。比较特别的是，室内极少瓶瓶罐罐之物，也没有什么香味。

九、主人房

主睡房和浴室门相对，位于厨房的背后。房间宽阔明亮，西侧是一列三格大窗，朝西，就挂着厚厚的窗帘，好处是冬日成为温室。这是屋主的卧室，因为宽阔，也同时成为工作室，除工作桌外，还容纳了两个书橱和一个矮柜。早年国货公司出售的带玻璃门的书橱,真是难得的书橱,扁扁窄窄,成年人的高度,实木,厚板,中分四格,重重的书排在板上,纹风不动,哪里会有这边放进去,那边砰砰砰掉到地上去的风景。数十年来,依然不变,如果世局也会如此则天下太平了。

房间大,又光亮,当然实用,既是睡房,又是工作室。除了床、柜,还可大剌剌地摆一张大长方桌,正好把手提缝纫机摆在桌面,闲来缝补衣物,做些小布偶。

十、小睡房

许多年前,近渡轮码头建了三列楼宇,占了三条街道,每列一字儿排开,是相连的十幢高楼,一律十四层高。那么低的层数,完全因为地近附近的旧机场,新机场还没有出现哩。这个新屋苑吸引许多人来参观,包括许多的空姐、空少,如果租住一层,上班多么方便。价钱不算昂贵,每层约十六万。附近那些战后的唐楼只有四万一个单位。然而,唐楼没有电梯,室内没有间隔,浴室没有浴缸和抽水马桶,生活质数自然高不起来。

当年住在附近唐楼的住户,闲来无事都爱去"看房子",我是其中之一,因为我想搬家。本人住的房子,楼上的住客在天井上僭建居室,令我家的厕所墙壁裂了一条缝。其他的缺点也不必多提了,像对面的一户住客迷信,门外摆设地主、财神,天天烧烛点香，地点恰在我家门外，烟火填满我家。我去看房子，也是凑热闹，根本没有能力购置，但看后印象深刻，念念不忘，哪里想到日后自己能搬入心仪的单位居住呢？命运是不可预卜的。

一层楼房，是什么吸引了我呢？是两个房间。也不得不佩服设计楼宇的建筑师。楼宇中的一个单位，其中两个房间呈曲尺形相连，特别之处是相连的两个空间竟没有墙，所以，两个房间是打通的，成为一个可以团团转的地方。门有两扇，房间是一大间。这有一个好处，住户可以自行建墙变成为两间小房，否则，原封不动，享用一个大房子的趣味。

我参观过示范单位之外的实用单位，有一个住户，两夫妇及一个新生的婴孩居住，他们就睡在两房中的一边，把婴儿床放在另一边，两边门都可以进出，可爱极了。当然，也有住户建了隔墙，因为住客较多，但他们都聪明，利用这相连的边缘地带，建的不是实墙，而是两个方向不同的大衣柜，真的太完美了啊。

小睡房内放一张双叠床，上铺给为照顾染病的妹妹而雇的女佣睡。房内贴墙放一高一矮两个柜，高的名"印度花园"，是个印度绘花木柜，大红色，内外都绘满花朵；另一矮柜名"中国花园"，柜门上镶两块石板鱼，绘的是上百名儿童在花园中游戏，看金鱼，捉迷藏，赛跑，下棋，各适其适。

尾声

我从哪里来?
从宇宙来。
我将到哪里去?
回到宇宙去。

我是宇宙中微之又微的微尘。从生物学的角度来说,我曾是一个单细胞,就像阿米巴那样,然后成为水母,成为鱼,成为爬虫,成为恐龙,成为野兽,再演化为人;从物理学的角度来说,那更简单,我是粒子,和另一粒子合成为原子、分子,组成为人。一切不断演变。一切总是组合、分解,重组,再分解,循环不息。物质不生不灭,一个人的一生,就是由重组开始,走向分解而已。这不是很有趣么?只是我们无法知道会与什么重组,组成什么,都不容我们选择。既来之,则安之吧。

第二部分

一对中年夫妇,避难南下,带着父母和四名十四岁以下子女,组成一个共八名成员的核心家庭,入住一幢战后所建的唐楼的二楼生活,算是安顿下来了。安顿后,幼子出生。食指浩繁,只赖中年一人支撑。

数年后，老辈长者离世，核心家庭减为七人。

又数年，家庭支柱的丈夫病逝，妻子带同子女，迁入一幢旧楼，与亲友合租共住。家庭减为六人。

一年后，旧楼清拆，六人家庭迁入分期付款的小单位栖身。家中长子、长女中学毕业后工作养家，供弟妹读书。

又数年，长子娶妻，搬出另筑新巢，与其妻父母同住。大姊与二妹留守旧巢，合力养家。六人减为五人。

不久，三妹嫁出，幼弟娶妻，同样迁出。减为三人。

长女得病，幸好及早发现，总算治好了。

约十年后，母亲逝世。减为二人。

若干年后，移民外地的三妹一家回来，数年后三妹忽然离世。

又数年，二妹染怪病，苦撑多年，终于不治。大姊遂成孤独掌门人。

第三部分

单独一张椅子，它会感觉寂寞吗？原本是两相配对的樟木箱子，失去了其中一个，会吗？它们不是普通的家具，而是承载了这家三代人的记忆，由祖母传给母亲作嫁妆，再由母亲留给女儿。女儿小时候就睡在樟木箱子上面，它像保姆；她在上面玩砌房子，它像玩伴。如今，樟木箱子还是樟木箱子，两个，沉重厚实，像彼此信赖、牢靠的老伴，因为女儿也老了。

她近年常常想到独居老人的问题。这世界一直在变，也不知是变好还是变坏，毕竟人寿延长，社会老化，独居老人的新闻不断，而她也有不少没有结婚、独居、年华老去的朋友。她想，我自己呢？

年轻的时候，单身未婚的人被称为贵族，一个人生活多么自由自在哩，自己赚钱自己花，爱旅行就去旅行，爱晚上不睡觉就不睡觉，听不到家长餐桌上的训话、弟妹们的喧闹。但一得总有一失。老是必然要到来的了，到剩下自己一个，才体验到一家人生活在同一屋檐下是多么温馨。

常常想，自己不是有一群手足么，挺热闹的。但长兄和幼弟娶妻后都另筑新巢了，幼妹也出嫁迁出，剩下二妹和自己二人。当然，二妹如果结婚，她也就不得不沦为独居老人了。她当然可以结婚的，但结了婚，就一定不会成为独居老人了吗？

她常常想起一位朋友，很早结了婚，自由恋爱，生活幸福，有一子一女，令人羡慕。但近年竟然离了婚，女儿远嫁他国，儿子与妻子、孩子住豪宅，三两女佣，生活高端。母亲则独居，有一次跌倒受伤。那么，结婚就是绝对的保证？

独居老人该如何生活呢？可以和另一名独居老人共同生活么？她又记起两位好朋友，本来各自独居，于是共同生活，住宅和生活费共同负担，家务互相分担。真是好办法。可有一段日子竟闹分手，可不是世事难料？相处易，同住难。如果都是刺猬性格，既想互相取暖，又怕彼此伤害，如何是好。幸而后来她俩又和好如初了。

独居老人缺欠的是另一个活生生的人做伴？而家具、书本、盆栽都是物。但在她的心目中，凡物都是有生命的。植物不必说，书本呢，谁说不是生灵？每一本书都是有生命的，都是从生命而来，只不过，我们相遇的时候，它们处于沉睡的状态。整个图书馆就是书本共同的家，那里有许许多多睡熟的灵魂，只要有人拿起来，翻开，阅读，一个个活人就苏醒了，和你倾谈、聊天，累了可以放下，你还会寂寞吗？

她的独居生活相当平静。其实，她不乏朋友。家中的家具、书本、盆栽等，无一不是她数十年来一一迎回，它们独特而美丽，又知识丰富，如师如友，彼此心灵相通。日子久了，还看到它们微妙的变化，这使她自以为很快乐，所谓幸福，不过是这样。

你呢，你好吗？眨眼你的年纪也不轻了，这些日子，还是读书、写字、散步、听雨，看月升日落、花开花谢，一年又一年。但夕阳岂能无限好呢。

对于物，你有什么看法？你说过，孤独和寂寞是不同的层次，孤独是一种现象，独坐幽篁里，就是孤独，是 alone，但不寂寞，可以弹琴、长啸，而且有明月来相照。寂寞却是一种不好的心绪，是 lonely，你可以在人群里感觉寂寞，因为格格不入，了无挂碍。所以难怪有人会不甘寂寞。人是物，毕竟又和物不同，终究在世上还是踽踽独行,但在茫茫大化之中,心灵有所安顿,就有一个家,就不寂寞。心灵没有好好安顿,孤独就会沦为寂寞。

  你的家比我的家空间大很多,其中的读物、杂物、废物,对不起,也比我多许多,又一直在养猫,它们由幼至长,逐一老病去了。多年前,我们无所不谈,偶然聊到,两个长期配搭、一起生活的樟木箱子,彼此一定有过许许多多的说话,其他人岂能听到,要是到头来单独一个,会感到寂寞吗?怎么会,你说,谁会把它们拆开?也许明天吧,其实并不知道。原来都是不愿奉行断舍离的分子,你尤其什么都不离不舍,真是物以类聚。

  明天?那就是明天的事了。

二〇一六年十二月

星尘

喵！格嗒！格嗒！

哎呀，花花，三更半夜，为什么又跳到书桌上面去？你真顽皮。计算机我在睡觉前已经关掉，没有花猫在 YouTube 里面叫你。鼠标我也收藏好了，别想再捉它了。

天气这么冷，要钻进被窝，就不要又三心两意跑进跑出，快快来睡觉。

喵！格嗒！格嗒！

喂，喂。

谁？

喂，明明？

我是明明，你是谁？

我，我是……

你是谁？你在我房间里？

我是，我在你，房间里。

在我房间里？我怎么看不见你？

我在你，书桌上。

书桌上？骗人。现在连花花也不在书桌上。书桌上只有计算机。

我在，计算机里。

什么？计算机里？花花别跳上来，让开。计算机里什么也没有。咦，黑色一片，计算机坏了吗？昨天晚上忽然停电，现在还没有恢复。喂，什么东西在我的计算机里。

我，我在计算机里。

你钻进我的计算机里，把我的计算机搞坏了？

是的，对不起。

那你马上出来。

马上？我不在马匹上面。

出来！

我已经，出来。

但我看不见你。

现在你，看不见我。

为什么？你是隐形魔？

那是因为，你的，眼睛不够好。

我眼睛不够好？我的近视只有三百度，志强，阿雄，都有四百度，他们每天比我多看两小时计算机。考第一的小美，有五百度。眼睛不够好？那什么眼睛才能看见你？

眼睛，要有红外线，的配备。

红……红外线？

是红外线。你见过彩虹，天空中的，彩虹么？

谁没有见过。

彩虹，颜色有几种？

七种。

数数听。

红橙黄绿、青蓝紫，bingo。

其实，彩虹的颜色，有许多种，例如，在红色和橙色，之间，还有深红、浅红、深橙、浅橙，许多颜色不同，许多种，很细微，不过简化为七种。这七种，你看得见的。但有些你看不见。红之前，有红外线，还，还有，微波、无电线波……紫之后，有紫外线，还有……

黐线。[1]

……没有这种线。

对不起，我是说那么多的线，可真令人发疯啦。还有？

还有，X射线、伽马射线，你也看不见。线，也是指一种光。所以，红外线就是红外光，紫外线，就是，紫外光。

喔，我知道紫外线，夏天的时候，爸爸妈妈带我去游泳，到了海滩，妈妈总要替我搽太阳油。她说，紫外线很厉害，会灼伤皮肤的。X射线，我也知道，爸爸妈妈都照过肺，看不见的光线。啊，有一种光叫超声波，噢，我自己就照过，当我还在妈妈的肚子里时。

---

[1] 黐线：粤语中为神经兮兮的意思。

好，很好。你懂得知识，课本以外的。再问你一个问题。彩虹有颜色，七种，如果，合起来，会是什么颜色呢？

白色。

好，好极了，是个，聪明的孩子。又会向人说，对不起。而且……

什么？

你也很，勇敢，一点也不怕我看不见，不怕看不见我。

怕什么！我什么鬼怪没见过，异形、食人族、狼人、吸血鬼、史莱克……有些还很得我们钟爱哩，越丑怪越好，就嫌不够丑怪，一有出现，在麦记，在什么711，我们就赶去抢购哩。你没翻看我的床底，没有发现我的镇山之宝，一套二〇一六年新版猿人极地探险队的Apexplorers。哦，我没红外线的眼睛，怎么才能看见你呢？

明天，明天吧，你就能，看见我了。

真的？一言为定啊？勾一下手指。

你看不见我的手指，手指，我也没有。

今天你在这里吗？我还是看不见呀。

怎么，不在，有，我就在，你的面前。

就在我面前？我面前只有一个灰色的东西，像一个足印印在墙上。

那，就是我了。

喵！哔哔！

连花花也不同意，你就是那个灰足印？

灰足印，今天的我，是个，灰足印。你当然天天都是同，一个样子，你以为，只有你们这样的样子才是样子。你以为，你们的演化，已经完成了吗？你们的演化，一亿年，最多，我刚才知道，这地球出现，生命的迹象，也不过在四十亿年前。对宇宙的历程来说，小伙子，这还说不上是 BB。你们说的怪物，其实也是你们一些人的想象，从你们的脑袋长出来，多了一只眼睛，或者，有两个头，一个大，一个小，或者长着尾巴。你明白我的意思吗？

他们当然是我们制造的，我的可不是 A 货。

我呢，我没有固定的形状，形状就像你们的衣着，你不会老是穿同一套吧。那是你穿的衣服，可不要变成，囚服。所以我们没有 A 货、B 货。我可以变成不同的样子、不同的颜色。我所以是灰色，那是因为我充电不够。昨天我的颜色更差，昨天我是黑色的。

那明天呢？

明天你就知道了。

喵！

喵。

啵啵！

啵啵。

喵喵!
喵喵。
咕噜咕噜!
咕噜咕噜。

我看见你了。
是的。
你果然没有令我失望。
不是说过你会,马上,看见我么。
我是说你也丑怪得,像什么呢,像一摊晒干了的糨糊,不,像呕吐物。
我也够恐怖?
差不多了,你真奇妙。你到底是什么东西?
我本来是一片,尘埃。
哦,很大的尘埃。
像不像天空中,的一片云,宇宙的肠胃不舒服,呕吐出来的一片云?
是呀,一朵大大的浮云。不过,云是白色的,有时候是黑色的。下雨的时候,满天,乌云。但你怎么会是红色的?

云有时候，红色，黄昏的时候，那时候，你们不是以为很美吗？

很美。老师教过我们诗句："几度夕阳红。"

咕噜咕噜！

咕噜咕噜。这是我的，本色，因为我是一朵，星尘。

你是星尘？天上的星，天上的尘？

对，我是宇宙间的，尘，飘浮在恒星、行星的空隙。一朵卑微的星尘，知道吗？我只是，宇宙间的星尘，亿亿万万。比起大恒星、小行星，我们卑微得很。你的名字是明明，我呢，没有名字。你们打扫房间，的时候，不会替尘埃起一个个，名字吧？

没有名字，可你有颜色。你是红色的，很好看啊，像红玫瑰。你真的会变色？你说本来是红色，你不是变过几次色了？有时浅，有时深，有时是樱桃红，有时是石榴红，这一阵是草莓红，又是苹果红。你会变成红魔鬼吗？

红魔鬼？

那是足球队曼联，我的至爱。

难怪你经常，穿着曼联的球衣。你也懂得这许多，樱桃、石榴，我居住的星空，都没有这些。我们只有你们，说的夕阳红。所以我每天都在努力，学习。

喵！喵！

你怎么会走进我的计算机里？

石头与桃花

要不要听我讲故事?

要。

咔嗒咔嗒!

许多许多年前……

大人的故事总是这样开始的。

是吗?在你们的大人的大人未出现之前,我们星尘就在宇宙奇点大爆炸中诞生。大爆炸是你们科学家说的,认为就在那一刻,时间开始了。恒星身体里积聚了太多的能量。

我常常听到人说正能量,但什么是能量?

能量就是木柴、煤炭、火水、石油那类会燃烧的东西,因为挤在一起,太热了,就会爆炸。

像火山爆发?

恒星积了太多的,燃料,就轰隆地爆炸了,像火山一样,喷出岩浆和气体。喷出来的东西,有的在空中飘散,有的冷下来,成为大大小小,无数的星尘。

你就是恒星爆出来的?

星尘的星运是不,一样的,有的变小行星,后来又变恒星,有的永远就是星尘。生活,的方式也不相同,有的联群,结党,有的独来独,往。总的来说,一生也在不停地旋转,自己转,或者跟着别的星转。重要的是,别被其他的行星或者恒星吃掉,如果吃掉,就不见了。

喵呜!

不停地转,不头晕么?

你家风扇不停地转,你听过它说么,头晕?

我家不用风扇,用冷气机。为什么要转?

转,就是走路,我们没有脚,就用转的,方式。

不明白。

地球和太阳都有,磁场,它们发生摩擦,你推,我拉,于是你自转,我自转。

月亮没有磁场,不会,自转,你看不见背面,月亮。

几乎明白。

那时我和许多星尘一起转呀转,转了许多许多年,看来还得多转许多年,就在那一刻,就像你们科幻小说家说故事的方法,那一刻。

怎么啦?

忽然有一颗大星正面飞来,快得不得了,我们都来不及躲避。原来是彗星横冲直撞,穿过星尘网,没头没脑,用大彗尾巴那么一扫,我只觉一阵晕眩,被扫出星群,一直从天上掉出来,直直坠落在你家的晾衣架上。幸好我没有骨头,否则,我肯定会像人那样,粉身碎骨了。

看来,你的确不像有骨头。那你身体内有什么啊?

喔，我体内的东西多得很哪，你都看不见，说出来，你不会相信，也不会明白。

不会明白，说来听听。

我身体内有原子、质子、电子、中子、中微子、介子、轻子、超子、快子、量子、强子、粒子、正子、重子、成子、缈子、胶子、费米子、玻色子。还有微波和磁场。明白吗？小伙子。

哦，多谢，满天星斗，完全不明白。

喵！

我看到窗内有电源，我需要充电。所以我走进了你的计算机里，暂时住一阵，休养，疗伤。

你又没有脚，怎么"走"进计算机去啊？又没有翅膀。

这个，你看看，今天天气多好。

是呀，太阳都照进我的房间来了。

阳光没有脚，也没有翅膀，不是照进屋子里来了吗？

是不是用魔法？

什么魔法？最近读些什么故事书？《哈利·波特》《魔戒》？

都 out 了。爸爸在看《平面国》，我也拿来看，妈妈说我会看不懂。其实我懂。平面国的人都是扁的，不过有不同的形状，有三角形，有长方形。我班里的肥仔强就是圆形，一直不肯集训应付小三公开考试的阿志，就是不规则形。我呢？我大概是正方形，因为我是副班长。小美是班长，做不成班长她会哭的，她是什么形？

椭圆形？她坐在我的前面，听书时总是左摇右摆，害得我也要右摇左摆。不过，书里说那里的女人像一枚针，会刺伤人，这，我就不懂了。

从眼睛的正面看是扁的，侧面看就只有一条直线。拿一页纸看，你会明白。

喵！喵！

知道，花花，不要老在插话，你最有型。

那天晚上，你为什么叫我？

我想告诉你，你的计算机没有坏，不用找人修理。计算机开了没有光，是因为我在里面。

你怎么知道我的名字？

我听见你爸爸妈妈叫你。他们说，小明，我们没有电煮饭，要出外吃饭了。楼下整条街的大厦都停了电，家家户户、餐室酒楼都点起蜡烛。

妈妈说，明明，我们一起去吃烛光晚餐。我们都带了电筒。

真抱歉，连累你们了。

不，妈妈说，许久没和爸爸一起吃烛光晚餐了，上一次，是我大爆炸之前。

但抱歉令你不能做功课了。

这更不成问题，我可以借用妈妈的手提电脑，只做一阵就没电，game over 了，真好，你知道平日我要做到晚上十一二时，有时甚至做到清谈浅唱不夜天。咦，你现在不用计算机，不需要充电了吗？

这几天阳光很好，我在晾衣架上休息，一面充电，一面学习花花的语言。你知道吗？留神听，猫儿有一百种话语。阳光给我许多能量，我的伤也逐渐好了。

能量真的很有用，我不用做练习做到深夜，好像全身都充满能量。

能量是一种你看不见，但能够感觉到的东西。你每天背着书包上学，书包很重，你得用力背起它，力气就是你的能量。量，同样有许多种，数量啦，重量啦，质量啦。

我听过"重质不重量"，但我其实不大明白。

你会发问，很好，学问是问出来的。质和量，的确不容易弄清楚。让我想想。

对了，比方说，如果我请你吃橙，有两份给你选：一份是一个甜的；另一份是三个酸的。你会选哪一份？

一个甜橙。

选一个甜的，放弃三个酸的，就是"重质不重量"的表现。甜或者酸，是性质，是品质；一个或者三个，是数量。这个"重"，是重视的意思，你觉得物事的质地比数量更重要。我研究了好一阵，才知道你之前说的 A 货是指什么，原来是指冒牌货，或者侵犯别人版权的商品。难怪你家附近许多卖药卖化妆品卖巧克力的商店，外面斗大的字写明：本地正货，政府注册，特许免税。这些店铺之间，有一个医务所，可没有这十二大字做保证，医生肯定是A货。你们买东西，再贵也要到这些商铺去，看病么，即使再便宜，你们可也不要贪。这是另一个"重质不重量"的例子。

哎哟，你这就可能上当了，你不明白我们的地方，有些字是写给外人看的，妈妈买东西从不到这些店铺去，就怕它们才是A货。

这可把我弄糊涂了，原来这么复杂，你们地球人原来划分外和内，真假可以混淆、颠倒，我原本还有一个问题，现在可不敢肯定了。

问来试试。

喵！呜呜！

给你大量金钱，让你有钱得不得了，几乎做什么都可以，只是要你放弃你对精神生活的追求、你的行动、你的自由，不能违反给你财富的主人，你愿意么？质和量两者之间，你怎样选？这其实是我在计算机里看到YouTube的电影《浮士德》想到的，这令我思考，星宿之间从没有过这样的难题。一颗大星吞吃另一颗小星时不会想到这样做对不对。但问题一点也不简单，有些人会跟你争论，为什么要重质，我们穿不好吃不饱，你的质跟我的质不同，为什么你的质最重要？又比如说，质和量，为什么一定要分轻重呢？问题不容易解答。你年纪轻,可以一路学,一路想;让我们一起思考吧。我们星尘,明白吗?可没有这种愉快的烦恼,因为我们根本没有这样的问题。

完全不明白。

喵!

啊,花花,我当然知道,你希望有更多的零食,鲔鱼、鲑鱼、猫草。

喵噢!喵噢!

怎么?做太空流浪猫?

喵。

喵喵!

喵喵。

喵喵!咕噜咕噜!

你看天上的星光多亮丽,其实,许多星是不会发光的,它们反射照在身上的光。宇宙中的星辰,多数是黑沉沉的物体,四周都是幽暗、沉默的黑物质、黑能量。究竟是什么,很难说清楚。我可以告诉你的是,星辰都是巨大的吸尘机,吸吸吸,吸到爆炸为止。吸或被吸,这样的存在,是否很奇怪?

很奇怪,那为什么要存在?

这是人类才会问的问题,只有你们才会追寻存活的意义。

星尘哥哥，我知道云是水蒸气，空气很轻，比羽毛轻，所以浮在空中。一颗星又不是空气，为什么不像苹果，落到地上来？

有些星也会落到地上来，我不是落下来了？流星、彗星、陨石也常常落到地上来。够大的话，就造成灾难了。

太阳、月亮、火星，它们为什么不落到地上来？

我不是告诉过你，星辰都是吸尘机？一些星想吸掉别的星，别的星当然不想被吸掉，所以，它们互相拔河了。

你围着我转，我绕着你转，用力拉着对方，就悬挂在天上。

大概是这样，谁也吸不掉谁。

喵！

喵。

你怎么会说我们的话呢？你在天空中讲什么语言呢？

星尘在天空中并不说话，所以并不产生你们所说的语言，我们也没有文字。人类比我们聪明，就因为掌握了语言，忽然开窍了。因为语言，你们有了历史、地理、经济、哲学、体育；有了艺术，有了诗。还有化学、物理、生物、天文学、建筑学、医学、法律等等。你们的发展，不过短短几千年罢了，真了不起。人类的前途应该光辉灿烂，无可限量。我们呢，什么都没有，只是旋转，不停地旋转，转了千千万万年，发出沙沙的声音，不对话交谈，也互不关心。星宿都是自私自利的，只知道把旁边的星星吞噬自肥，另一边又时刻戒备，不要被别的星星吞并。你想吸掉我我想吸掉你，真是危险、没有安全感的环境。人类呢，还会扶弱锄强，为弱势发声。我们真感到惭愧。

哦。

我会讲你们的语言，是你们教会我的。过去好几日，我一面充电，一面在计算机里吸收了你们的信息，穿梭各种网络，我还看你们的电影、电视、小说，我还参观各地的博物馆，算是对你们有点认识。

不过几天就什么都学会了，真厉害。

没有什么特别，我把它们压缩起来，我们的光速，到了人间，很管用。我和你谈话，同时也在不断吸收其他的讯息。和你们接触，我学会了许多东西，你们的各种学问，尤其是对生命的思考，令我茅塞顿开。你也要好好地学习。但明明，有些我恐怕永远也学不会的。

那是什么？

例如莫扎特的音乐、杜甫的诗，没有一个程序可以告诉我，它们是怎样创作出来的。我知道莎士比亚十四行诗的规格，但我不会因此成为莎士比亚；我懂得颜色更多细致的分别，但我不会有达·芬奇、莫奈等人的笔触，就是那么一 touch，突破了天地的洪荒。这是人类了不起的奥妙，小朋友，知道吗？

是吗?

会下棋么?

我从网上学会了。

围棋会不会?

会,跳棋、象棋、五子棋、六子棋、军棋、黑白棋,都会。

如果你和AlphaGo比赛,你会打败它吗?它打败了我们许多高手,很厉害。

会,也许第一局未必胜它,之后,一定会。

为什么?

真的,我学会下围棋,但不精,没有上阵演练,不过我一旦接触AlphaGo,就像什么呢,你们武侠小说说的,我会吸星大法,可以把它的武功全部吸收过来。天空里的星宿都会,本来没有什么了不得。AlphaGo什么的也是你们的创造,有一天,它们终于会自己演化,会自我修正,会追问:我是谁?那时候它就要做主人,摆脱创造者的控制。你们的科幻小说、科幻电影不是经常用这个做题材么?我和它不同。

有什么不同?

它是人工智能,我是星际智能。AlphaGo至少目前还要靠背后互联网的支持,经过"深度学习",它的创造者为它输入大量能够找到的数字数据,会衡量风险利害。我呢,是外层空间,宇宙支援。

哗，超厉害，真是望尘莫及，收我做徒弟，好吗？

先学好你要学的东西，用功，别想一步登天，而且天外有天，银河系之外，有无数的银河系，所以要谦虚。

明明，要谦虚。昨天晚上我听到爸爸说你"沙尘"，因为你说将来要打败 AlphaGo。我以为我是星尘，你是地尘，然后我翻查广东话大辞典才明白，那是广东俗语，骄傲、轻浮的意思。对了，沙尘，的确很轻，会浮。但轻浮，就不能吸收不同的意见，不会进步了。要学吸星大法，这是一种超强内功，就一定不能轻浮，否则就会内伤，知道吗？

哦，收到。

很好，你已经吸收了一点。

认识你，我想做天文学家。

好啊，到你做天文学家，那时候的天，大概还是一样的，但许多许多年后的将来，就不知会怎样了。你们的时间，和天上的时间并不相同。你们说"山中方七日，世上已千年"，应该是"天外方七日"才对。不过至少这几天，阳光很好，过两天仍然灿烂的话，我休息够了，贮足了能量，可以起程回到天空去了。

什么，你要回到天空去了？

是的。

我不要你回家。

那，怎么说呢，你想天天享受烛光晚餐?

不是这个意思。

把我留在科学馆，让人参观?

不是这样。

唉，傻孩子，我要回去，把我知道、学会的东西传播给其他的星尘、大小星宿，我也许卑微，未必会听我的，恐怕多数都不会，但我至少要尝试。

天空是你的家。

不，不一定因为天空是我的家，它其实也是你们的家。你们不是说尘归尘，土归土么?

星尘，我……我可以叫你星尘哥哥吗?

可以。怎么不叫我星尘姐姐?

你是女生?

我是女生，也是男生。星尘、星辰没有性别。不过要是你喜欢，叫我星尘哥哥也很好。

星尘哥哥。

嗯?

你会不会是天使啊?

怎么这样想?

有一次,妈妈说,天使没有性别,没有性别歧视。

星尘不是天使。

你在天空,见过天使吗?

没有。

见过上帝?

也没有。

天空上有没有上帝?

这是个信仰问题,你相信有就有,不相信,就没有。

什么意思?

你们知道的上帝,模样和你们相似,有手有足,有头有身体,还有眼睛、耳朵、嘴巴、鼻子。头顶上有光环。祂住在伊甸园里,但也无所不在,祂看顾你们,聆听你们的祷告。祂是万能的,坐在宝座上。祂能呼风唤雨,所有事务,祂都清清楚楚。祂审判天下所有人,分配善人到天国,恶人到地狱。祂有一群天使,替祂传递消息,守护天国和地狱。正如人工智能,迟早会追问:我是谁?谁创造我?不过,这方面,很抱歉,我知道的不会比你们多。

是的,祂是万能之主。

据我所知,这样的上帝,在天空里我没有遇过。

没有遇过上帝。

但是，茫茫宇宙之间，星宿公转自转，你们说的日出日落，一年分出春夏秋冬，花开了谢，谢了再开，生命周而复始，你们看众星明丽，轨迹井井有条，一个近乎完美的结构，有变化，又有规律，好像冥冥中有一个超能的造物主在调控、在安排。我们不知道这魔法师是什么，是奥妙的数学，是精细的计算，是秩序，你可以叫祂上帝。

那么太空里有没有外星人？

没有外星——人。我是外星人吗？你以为生命的形式只有地球人一种？这种形式可能是力量，也可能是限制，如果以为这形式是唯一的形式，就弊多于利。终有一天，你们也会摆脱这种形式。

我该回去了。

星尘哥哥，我舍不得你走。

我留一个联络住址给你，将来你成为天文学家，就找到我了，那是：第76平行宇宙北端仙女座大星系团东南银河系猎户座旋臂中段太阳系外海王星岛峡柯伊柏带大道QB1天体69740。这地址，还是你们的科学家研究出来的。

从没见过这样长的地址呀。

这是我的活动区，都记在你的计算机里。这可见你家离我有多么遥远。从这里出发,到最近的恒星半人马座α星,用你们的速度,来回也要八年。

宇宙真的好大,好大好大。

不过它也不是我永久的位置,但已够你们好几代人和我通信了。将来,你或者可以坐宇宙飞船,像科幻电影那样,休眠一阵,再来探访我。黑洞其实是暗星,像隧道,据说穿过虫洞,可以简省飞行时间。不过你们一位出色的科学家也警告过,人类当黑洞是快捷方式是危险的,因为穿过黑洞时,黑洞会把你撕碎,而且,即使没有变成碎粒子,走出黑洞后你也不能预先知道身在何处。告诉你,总有办法的,对人类来说,没有事情是不可能的。十九世纪时科幻作家写人类登陆月球,你们当奇幻小说看,如今探索火星,没有人以为疯狂。继续你们的追寻吧。

那好啊。我一定用功读书,将来,我不单坐宇宙飞船,还要发明可以和你面对面视像通话的手机。

会的,一定会。我们一言为定。

一言为定。

不过,你先不要把星空想象得那么美好。我们没有蓝紫各色的大小山峦,淙淙的溪流、翠绿的草地、金黄的稻田;没有唱歌的长臂猿、美丽的金丝猴、各种舞蹈的蜂鸟;没有雪豹、北极熊,当然也没有花花;喵喵。

喵喵!

没有石榴、樱桃、草莓、玫瑰、水仙花、法国梧桐。没有《诗经》《楚辞》，没有莎士比亚，没有梵高毕加索，没有贝多芬莫扎特。都没有。我在转动漂泊，见过无数星球，只有你们这一个有各种各样的生命，应有尽有，有的甚至连你们自己也还不知道；虽然，你们总在争吵，因为不同的教派，不同的管治思维，坚持自己的一套最重要、自己的最好。对星尘来说，都是蒜皮小事。我们呢，每一个星球都是荒凉的、孤寂的，这种孤寂，不是一百年，而是百亿年，而且充满风暴和爆裂。试想想，我回去的生活，依然是随着宇宙间的其他星尘不断旋转，还要提心吊胆，提防附近贪得无厌的星云猎杀，也许因为我知道多了一点什么，更加要排斥我。即使我能够侥幸存活，结果也还是生老病殁。

你们也会生老病殁？

会的，我们会不停成长，由红色演化为橙色，然后是黄色、绿色、青色、蓝色，直到雪白，像你们老人家头上落下的雪花。那时候，我会迎接生命的夏季。我会变得非常炽热，热到再撑不住了，就萎缩，会变成一个小圆球。我只剩下两个结果：轰轰烈烈地自我爆裂，喷发的熔浆会孕育新的星尘；又或者，我会无声无息，坍陷为黑洞，静寂地，消失了。但别难过，这就是生命。而这过程对你们来说很遥远，很漫长。你会看不到了。

看不到？

你的子孙的子孙会看到，也许那时候我们的距离又远了一点了，因为宇宙不是静止的，在慢慢、慢慢地膨胀。你们银河系里的太阳，也会把能量用尽，消失了，不过那会是五十亿六十亿年之后的事，所以不用杞人忧天。生活在地球上的你，年轻人，你不是比我幸福么？地球原本这么美好，你天生拥有爱你的父母和手足；将来还会有爱你的人，携子之手，与子终老。就是一个人，你还可以有朋友，不同的朋友，你何必羡慕其他的星球、羡慕其他人？人世难得，你们地球人，有好奇心，有想象力，会累积学识，尤其善于思考，最难得是会追求人生价值，那就好好地为整体的福祉思考，忘记你们的仇恨，化解你们的分歧，不要为了短暂的利益而破坏大自然，珍惜、好好建设你们的地方，好一个独一无二的地方，不要把它弄坏了。对不起，我凭什么可以教训你们呢？

可以的，星尘哥哥。

是时候了，我该和你说再见了。喂，喂，男子汉，不许哭。你想看我，到了晚上，抬头看天好了，夜空里有无数星尘，会同时跟你相望，记着，每一朵都是我。好朋友，看我表演绝技。我是光子，我会像白色的飞剑，绝尘而去。

喵！

哎呀，花花，你吓死我了，为什么疯跳起来呀，想做飞猫？

喵呜！

二〇一七年二月

石头述异

一、榜题：画像石

有人拍打我的手臂。

醒来，醒来，到武梁祠了。

我睁开眼睛，看看表，下午三点正。真是好睡，五月的天气，不冷不热。我们四个人从曲阜打的到嘉祥县纸镇坊，他们两个是年轻的学者，一个研究历史，一个研究语文；还有一位，是书法家，跟我一样，退了休。我呢，你问。我的年纪最大，什么都懂一些，意思是什么都不懂。不过我近年对汉代的画像石很有兴趣，翻了不少书，搜集了一些拓片，可以冒充半吊子画像石专家。他们敬老，一直称呼我作老师。其实我的学历最低。

但什么是祠堂？你又问。

那是坟墓之前地面上的建筑物，用作祭祀；有的用木，有的用石。你没有问什么是画像石，我告诉你，这是汉人因应丧葬祭祀而产生的艺术品，是汉代所独有，汉之前没有，汉之后魏晋还有些，之后再没有了。

我们才上车，四个人，这次包括司机，一路看着导航，我没带手机来，三位朋友不就是我的导航吗。在车里我看着身旁一位的导航，忽大忽小的圈圈，不多久就昏昏睡去。从车厢爬出来，舒伸了一下双脚，好像犹在梦里。我睡了差不多两个小时，武氏祠的主人，可是睡了差不多一千八百多年，一直没有醒来。

老师，路上我们看到些石矿场。

哦。我想，山东流传最多画像石，应该和石灰岩的土壤有关。

武氏祠是公元一四七年东汉桓帝期间兴建的祠堂。三位朋友在一旁朝我笑，好像说，老人家，你不是得偿所愿了吗。我们在曲阜看了孔府孔庙孔林等等，史学家为我们逐一解说，成为我们的导游。来山东之前，我要求无论如何要有一天时间去嘉祥县看武梁祠，并且影印了不少数据分派，于是大家多少都知道武梁祠，都赞成了。这时出租车扭转方向，开走了，扬起了不知是一年、十年、一百年一千年的沙尘。阳光灿烂，四野无人。这么静寂、空荡荡的博物馆还是很少哟。忽然两只黑鸟呀呀叫着在头顶飞过。

博物馆的大门，只见两根约三个人高的大石柱，一左一右竖立眼前，正是书本上见过的图片：石阙。完整，新净，当然这是仿制品。阙脚泊了一辆红色的摩托车，仿佛它是尽忠职守的石狮子。书法家朋友买了入场券，挥手走来，一面说每位才五十元，另一面就从背包拎出小簿记下数目。一个职员从票务间走出来，这是一个年轻人，头发蓬松，睡眼蒙眬，原来他也负责收票。

请问有导赏员吗？书法家问。

没有。

武氏祠石阙，何福仁摄，2020年6月

有小卖部吗？史学家问。

没有。

有自助饮品机吗？语文家问。

没有。这里不是西安兵马俑博物馆。

有厕所吗？我问。

有，有两间。前面有一间，另一间在汉画展室外。

谢谢。

没事。我们有三个展室，第一个叫"阙室"，这之后，走几步路是"汉画展室"，右边另有"西长廊"展室。共展出四五十块石头。东汉时代的石头。你们要抓紧时间，我们四点半闭馆。

这么早闭馆？

不早了，太阳一下山，这里就变得，变得有点可怕。

可怕？四个人面面相觑。

怎么说呢？

怎么说？我问。

虫蛇鼠蚁都出来了，最要命的是长脚蚊，成群成群的，追逐你，包围你，猛叮你，可能会传染登革热病、伊波拉病、艾滋病。

喔，艾滋病？我们都张大了口。

难保没有。还有，四点后不要上厕所。

为什么？但他头也不回，自己急忙上厕所去了。我也跟随着他，我留意到他牛仔裤的后袋露出半截书，名字是：《白话聊斋》。

二、榜题：石阙

在博物馆大门口朝内望，见到的好像是一座花园，地上是一条砖砌的步道，宽约四米，以工字形图案砌成，一直送我们走到前面不远的阙室。砖路非常清洁，没有废纸和烟蒂。路旁两边是草地，沿路栽了一行矮矮的开花灌木，粉红色的花瓣，配上浓荫的绿松，还以为我们是在游花园哩，大家都拍起照来。

这应该是当年的神道，我说。

嗯，老师做我们的导赏最好。

忽然就到了阙室的门口。告诉你，这是一座炭灰色的平房，却装上一道亮丽的朱红色木门，房子朴素，朱门可不简单，门上镶了五排大圆钉，三颗一排，金光灿灿的，门扇掩上，就见十五颗钉饰。我的确这样数过。这个设计，真有点紫禁城的气势。

东汉到了晚期，贫者越贫，富者越富，即使不是大官的祠堂，排场与威仪，已令人吃惊。史学家补充。

平房有前门和后门，一律开在平房中间。博物馆呢，前面的阙室，和后面的汉画展厅，形貌相同，如果航拍，在空中可见它们成一个"串"字。

我们悄悄鱼贯踏入阙室，不想打扰人，啊，真静。原来室内空无一人，只见迎面有朱红色井字半个人高的木栏杆，横在面前，把一些石块围在房子的中央，只剩下一米宽的通道，让人通过。展室不大，整个空间一目了然，四面墙上挂了名流的品题，两面阔，中间是门，两边各有窗，都是朱红色，窗上装了直排铁栏杆，都紧紧关上，幸而前后门敞开，空气流通。

栏杆围了什么东西呢？你问。

一对石阙、一对石狮。它们本来在墓地神道的入口，如今原地建馆，好像从室外搬到了室内。我在旅行前埋头做过功课，见到石阙，很是兴奋。想想看，在这么小的房间里，居然和高大而珍罕的国宝相见，是多么难得，我们是乘搭时光列车，回到公元二世纪去了。

石阙是什么？阙就是门，我解释，难怪你说我好为人师。它有门的意思，但门可以开关，阙呢，只是象征式，按照墓主的身份、财富营建。门阙往往也出现在画像石里，有单阙、双阙，甚至三阙，成为阳间向阴间的过渡，由执戟持盾的亭长迎接。武氏祠的双阙是实物，分开站立，两者之间，是一个缺口。所以，阙又叫"缺"。

明白，书法家说。

是同一读音；语文家补充，同样有缺口的意思。但写成门缺，也不妥当，因为不止空缺。这两阙之间，下面铺有一条长石，即是门槛，古人叫阃，门槛的中央原本竖一块褐形石，表示任何人进入神道，都要下马。

是啊，阙又叫"观"；史学家再补充，最初的时候，阙像一座高台，台上建楼，可作监察警卫之用。皇帝有什么要公告天下，会把公文悬挂在阙上，这叫"法悬"。

我们面前的石阙，没有楼梯，当然不用爬上去观看。岳飞的《满江红》，不是说"待从头、收拾旧山河，朝天阙"？天阙，就是天门，是天宫的门户，只有天子才可以拥有，因此也被尊称为天阙。但，老师，好像有学者提出这不是岳飞的作品。

好像是余嘉锡他们。语文家说。

是的。无论如何，这是尊贵的象征，开初只限帝王建阙，逐渐官吏也开始建造，放置在神道口，因为是石头，才能够长久屹立，挡住风雨。

明白。

你们这样一问一答，又互相补充，真是这样的吗？你说。

你以为呢？我只希望把枯燥的故事讲得有趣些。说完了，你再说一遍好了。

三、不断出现的石阙

我记忆中的石阙有好几个，都来自书本里的图片，因为太深刻，经常出现在我的梦境里，而石阙的文字移动、变化、下塌碎落，又重新整合。历史就是这么一个过程，在镶嵌成形的过程里，有些石块多了，有些，永远埋在泥土下面。我第一次见到的石阙最震撼,那是一幅一八九一年的照片,相信是法国人沙畹在武氏祠遗址拍摄的,前景是两支烟囱似的建筑物,从一大片泥地中露出来,不止出土三尺,看了说明,才知道这是山东嘉祥县一座汉墓的石阙。因洪水泛滥,大概还有三分之二,仍然葬身泥土下。石阙是金石学家黄易在这之前发现的,他和当地的官吏合作,掘出被埋的画像石。照片背景中的一所小房子,正是黄易等人保管发掘的地方。当时的石阙,原地站立,一副伸手待救的样子,令人怜悯。

我看见的第二幅武氏祠的石阙,也是沙畹的作品,收在他的《中国北方考古考察》一书中,同样给我孤寂、忧伤的感觉。沙畹是汉学家,但显然拍摄也很出色,这照片既真实,又充满情味。他只拍摄了两座石阙中的一座,那是一幅横窄直阔剪裁的子母阙,母阙在画面的正中,居高临下,头顶是工字形的重檐,檐边平伸,仿佛泛起波涛。坚实的子阙紧紧倚在母阙身旁,只是一块竖直的石块,没有顶盖,也失去了栌斗,显得空洞。

什么是栌斗?你会问。即是斗拱。单阙石柱通体灰蒙蒙的,无花纹和图像,石面还带些黑斑。石阙的背景是草坡、土丘,连接石阙脚前的荒石。看来阳光并不猛烈,没有风。只是石阙,太沉闷、单调了,沙畹于是安排了一个人,站在母阙的左边,刚好和子阙配对,一左一右。照片顿时灵动起来,充满人气。那是一名中国村妇,穿了及踝的阔布袍,浅灰色,外罩一件黄马褂似的深色背心,头发向后梳,结成发髻,于是空间和时间,都有了。许多年后,让我们知道，这是中国山东，是清朝，而石阙又有多高大。这女子，一直朝我们，不，只是朝向我一个人，无言地，凝望。沙畹是第一个到武氏祠研究的外国人，第一次在一八九一年；第二次，一九〇七年，这一次他拍下了这帧黑白照片。

我第三次见到武氏祠的石阙图，多少已是修复的样子了，令人欣慰啊。它们站在田野，高4.3米，相距6.15米，看得出母阙由三块方石叠成，子阙是整块竖直的石板。各有基座、阙身、栌斗和工字形顶盖。仔细地看，两阙之间的地上，设有一道门限，即是门槛，在门限中央，还立有一个圆石橛，这叫阅。夕阳西下了，阳光斜照在石阙上，两只石狮在守护。石狮是一九〇七年由洋人沃尔帕在石阙前的深土中起出的。门阙和石狮重聚，竟有一家团圆的感觉。这照片摄于一九六二年。

我看到第四帧武氏的石阙，已经是一九九二年的写照，一对石阙和一对石狮，从风雨的室外，住进了博物馆。真是沧海桑田。石阙默默无言，别来无恙，原来也有了变化。不，不是一样的，一对子阙的头顶，竟都盖上了栌斗。多么奇异，二〇一七年的五月，我竟会站在武梁祠的博物馆内，面对着这对石阙、石狮，感觉并不真实，它们还欠缺什么呢？

什么呢？你问。

我记起另一帧印象很深刻的石阙，照片摄于四川雅安市的汉高颐阙，那是非常华丽的作品，那对阙不单有底座、阙身，还有阙楼，盖顶带有宽阔波浪纹的檐边。不但母阙有这样华美的帽子，子阙也有。我看了一直不忘，缘故是阙身靠了一把梯子，阙顶上站了两个人，他们是梁思成和刘敦桢。我有点担心，因为他们脚下的阙楼，部分延伸到阙身外，呈现深深的裂缝。两位建筑家，怎么会爬到这样危险的地方？因为危险，才不让林徽因也爬上去？高颐阙的模样使我联想到，武氏阙的子阙，头顶栌斗之上必定还有一顶帽子，和它们的母亲一样。

四、榜题：武氏祠

我们在阙室内沿着栏杆转了几圈，两座阙的前后左右都看个够，因为并没有其他访客，我和朋友不但可以自由地漫游，且尽可高声谈话。

喂，这对石阙一定很重，盗匪很难把它们偷走吧。

看，这是对母子阙，粗的一座是正方形，旁边倚靠它的，好像是它的孩子，却是扁平的石板。

喂喂，母阙子阙，要说明哟。你说。

就是大阙一旁加建相连的小阙，称"子母阙"，别打岔。母阙的头顶像戴了顶大草帽，子阙的头顶则顶了一块栌斗，活像英国巨石阵的石头。

石阙身上都刻了画，我这边有一个人、一匹马和一头老虎。

我这边的图画更多，有楼阁，上层坐了两个人，楼下有一匹马，有四个仆人侍奉主人，屋顶上有两只凤鸟，又有两个人跪拜，另外，还有一只漂亮的老虎。我这边阙上有三个大字，虽然不太清楚，喔，是"武氏祠"。我看见这里有一块石头，上面有"武家林"三个字。

怎么一忽儿叫"武氏祠"，一忽儿又叫"武梁祠"？你问。

武氏祠是整个武氏家族墓园的叫法，武梁祠只是其中的一座。照碑文的记录，葬在武家林的武氏一共四代人：我们以武梁做主角吧，包括武梁的母亲，完全没有地位；武梁的哥哥；他的两个弟弟，其中一个是武开明；他的三个儿子，以及开明的儿子武斑、武荣。武梁、武开明、武斑、武荣四人都做过官，官阶最高的是武斑，却最早过身。但都只能算中等官阶，尽管中等，已是地方豪族。

武氏祠的名字最早出现在北宋两位金石名家的书中，一位是文豪欧阳修，另一位是赵明诚。

赵的夫人是名词人李清照。

对。为什么武梁祠最出名呢？南宋又出了第三位名家洪适，把武氏碑和武梁祠的榜题编收到《隶释》，又摹刻了大部分的画像到《隶续》里，图像可能大多出自武梁的祠堂吧，他索性命名为"武梁祠堂画像"，于是武梁祠声名大起。不可不知，洪适是大官，他是宰相。

对不起，又打岔了，什么是榜题？

那是匾额的说明文字，等于标题，画像石有榜题，是汉代的特色，目的是告诉你石头讲的是什么物事。

洪适，也有文名，写过不少好诗；语文家说，譬如：半夜系船桥北岸，三杯睡着无人唤。睡觉只疑桥不见，风已变，缆绳吹断船头转。

风变了，船头转，有趣，我近来也经常说着说着就睡着了。《宋诗选注》有收录吗？这次我问。

那倒要翻翻看。

古代读书人，一定会书法，也普遍懂一点金石，那是身份的象征。现在的年轻人呢；书法家摇摇头，因为是计算机打字，写起字来，是砌字，不会笔顺。

书法是中国的独有艺术，恐怕已成稀有艺术，也是没有办法的事吧。

明白。

五、榜题：石狮

阙室迎接我们的不是任何人，而是一对石狮子，各自守在石阙旁边。它们分别站在红色矮栏里，恰是凹字形内的方格，一左一右。猫科动物中我国并不产狮子，但汉武帝通西域后，狮子成为贡品，文献中称它们为狻猊。都收到皇家园林里，一般人可能没有见过真正的狮子，大概要等到西洋式的狮子雕像开始在银行门口站岗，才恍然，那两只鬃毛蓬松、尾巴细长的巨兽，名叫狮子，而且都是雄性。

我们看过陕西的霍去病墓，墓前有石马、石象、石虎，可没有石狮，武氏祠这对圆雕，是现存最早的石狮？你说。

可能。眼前这对来华的石狮，和西洋的铜狮不同。铜狮大都懒洋洋地躺伏，我国的石狮却是精神奕奕地站立，呈四方形，往往是一雌一雄，没有蓬松的鬃毛，母狮又多带着幼狮，幼狮则蜷伏在母亲的前足下打滚，好一幅温馨的亲子图。石阙有母子，石狮有没有孩子呢？我仔细地看了好一阵。

到底有没有？你问。

西面一狮右前足踏在一方石块上，那石头蜷成一团，是小狮子吧，可惜已看不清楚。霍去病墓前有举世知名的马踏匈奴，但眼前的石狮，很神气，可没有杀气，好像我家友善的大头猫花花。石狮镇守神道，也有辟邪作用；我想，要是石阙没有这对猛兽，会多么失色呢。两只大猫，经历多年的风雨、洪水，有点残缺，还算完整结实，没有裂缝，从头到尾才阔一米多，也高一米多，稳重、平衡，张大口，舌头顶着上唇，也睁着大眼睛，挺胸缩肚，仿佛随时可以腾空跃上高叠的板凳采青。

在古籍里，它们的名字叫天禄，史学家说。

武氏祠这一对，碑文还提到刻工的名字，书法家发现，那是良匠孙宗。

整个祠堂共费十五万钱；雕凿石狮，另需四万钱，那是买卖一名奴仆的价钱，一头牛值一万五千钱，一亩田七百五十钱。史学家蹙起眉头说，东汉晚期政治腐败，经济萧条，豪强大族则穷奢极侈。其实哪一个朝代没有水患呢？问题在有没有人祸。

是的，历来黄河改道，是因为河水没有出路，淤塞了，它自己闯路。早在几百年前，是宋朝吧，河水泛滥，把整个武氏祠淹没，祠堂埋入泥土中，还是石阙苦撑，在地面上露出三分之一的阙身。以往的几位金石家，何曾到过这个现场呢。还是六百年后乾隆时代，即一七八六年，另外一位金石学家黄易任职运河通判，路过嘉祥县，在县志中发现，立刻着手发掘，并且就地集资建了房子，收集石块。这时候，武氏祠已沦为一堆乱石了。

黄易用心考究，推断祠有四座，即"武梁祠"和"前石室"、"后石室"、"左石室"。他把武斑碑和一块孔子见老子的石头，移置到济宁学宫去了。幸好孔子见老子，这里还有。汉代石刻艺术重新面世，各方瞩目，各国的学者专家都来研究了。

鲁迅研究木刻，就不断提到武梁祠，也收集武梁祠的拓片。

对，专家大抵各有专精，一类专注美术的研究，另一类则着眼建筑，大家都想把祠堂复原。事实上，古祠是工艺、绘画、雕刻、建筑的结合。当然呈现了传统的文化习俗，还有一点，那是历史，往往保存了民间对史事的看法。

明白。

可直到我们到来参观，专家仍然没有把武氏祠完全复原。那要看你们了。

哈哈，老师会说笑。

困难可不少呢，碑文说明，葬在武氏祠堂的四位官员，倘一人一祠，则应该有四个祠堂。但从武家林掘出的石头共有四十八块，不能平分。哪一块属哪一个祠呢？一个祠共有多少块？祠，又是什么样子呢？

六、榜题：石室

黄易当年发掘，每挖出一块石头，就在石角编号，也注意到石与石之间的距离，把相邻的乱石尽量编成一组。所以，虽然凌乱，依照石头的大小、长短、形状、饰带，也分出四组来。其中一组六石，成功砌成武梁祠，祠主的名字武梁是从文本文件中知悉的。但这祠的编组、砌合，毕竟只是推断，根据相配合的六方石块；再利用拓片配砌，并参考当地其他的祠堂。

六块石头的武梁祠，三块是石壁：东壁、西壁、后壁；东、西两块相同，顶端是三角形，即建筑物的山墙构件。其中有两块是屋顶石，一前一后。共享五石；至于第六石，是一根断石柱，认出是祠堂西壁石前支撑横梁的长柱，已断裂。这个配件应该是一对的，但东壁的一柱，躲起来了。

武梁祠配砌成形，是否可以作为根据，砌成其他的祠堂呢？语文家问。

不行，如果每座祠堂都是五块石，岂不简单？武梁祠只用了五块，而黄易掘出了四十八块，余下的如何分配？黄易把乱石分成四组，除了武梁祠，前石室分石十二块，相信祠主为武荣；后石室分石七块；又有左石室，配十七块。乱石一堆，一直配不成祠堂。

倘分的是遗产，如今的人可能要打官司。你说。

别打岔。直到二十世纪八十年代，经美国费慰梅的研究，修订、补充了黄易的分配。金石学家注重文字和碑刻，费慰梅关心的是建筑，她看到三角形的石块，知道那不正是一幅山墙的构件么？她尝试配对，最终用了五块不同形状的石板砌出了武梁祠。各国的考古工作者都来研究，从散石里又砌出了前石室和左石室，也就是武荣祠和武开明祠。加上近年中国的蒋英炬、吴文祺的努力，断定并没有后石室，其中的石块，属于其他的祠堂。早期的研究，太偏重刻画，一石有两面刻画，就错算成两石。专家断定武梁祠的结构是单间室，另外两祠是双间室，所以需要更多的石块。

只有三室。

只有武梁祠、前石室、左石室。

左石室的祠主，相信是武开明。至于武斑并无祠堂，因为他没有子嗣。有些石块，来历不明，反而有许多应有的石，下落不明。

看你不断呵欠，只多说两句。困难是，祠堂的模样未必相同，用石不一。武梁祠虽然大致成形，仍缺一二配件，譬如武家林一石是祠堂的支撑柱石，应另有对称的一支，失去了。前石室也许不该占十五石，其中三石双面有画，计算应只是十二石。说着说着，连我也要睡着了。

七、榜题：游戏的石头

我们在没有旁人的阙室中自由走动，展品都集中在中央，我们逛了几圈，好像已经看完了。

你会否觉得我太唠唠叨叨了？

礼貌地说，没有。

忽然有人提议，玩个看图作文的游戏，大家用五分钟看石阙的图像，然后各选一像发表观感，总比看了好像白看有益？既然没有其他人，又有一些时间。

我们都不是喜欢说反对的人，于是各自绕着两座石阙、石狮，重新细看楼阁、车骑、灵物等画像。我们又回到了许多许多年前做学生的时代，乖乖地准备老师指派的功课。

最先交卷的是书法家。他说的是东阙北面母阙石面上，底层第四幅图。这个嘛，其实不是图像，而是一篇铭记。那石面可能经过不断翻拓，变得黑麻麻的，字迹模糊，依稀可辨的是八分书，有八行，隐约是十二字一行。他说，这铭记很重要，因为记载了整个武氏祠的兴建，日期是建和元年。

什么是八分书？

即隶书，不过刻在碑碣上，用笔不作蚕头燕尾，这名称是为了表明与平常的隶书有所分别。

建和是东汉桓帝的年号。史学家插嘴。

明白。记载的人物是武氏家族的四兄弟。幼弟的长子武斑病逝，才二十五岁。这家族兴建祠堂，用了最好的石，请了最好的工匠，花了十五万钱，石狮则花了四万。这篇书法，稳厚方正，毫不呆滞，有一种古朴之气，就像我们在曲阜孔庙所见东汉时期的隶书《史晨碑》。如果说出自同一书家，我不会怀疑。至于刻工也极精湛，不然就不能呈现书法微妙的游走了。

第二位发表意见的，是语文家。他选了铭文对上的一幅画，远看画的似是西王母，头上戴了顶皇冠，竖起了三只角。画的，他说，其实是一幅"铺首衔环"。什么是"铺首衔环"？因为古代没有门铃，大户人家在大门上装了这么一个门环，设计成兽头，多数是饕餮、狮、虎等猛兽的纹饰，青面獠牙，衔着圆环。如果要敲门，只需握起圆环，碰打门板，发出声响就行。铺首当然有驱邪镇宅的作用。老师家里的门上不是贴上门神么，门神担当守护，可不会发声通传。而且。

我当是传统装饰；而且什么？

在石阙上刻铺首衔环，你不会敲石阙，但它毕竟是门啊，这就是想象力。眼前的兽纹并不可怕，兽头上的三只角，是凤鸟三根羽毛的象征，口衔着的环上还束了绶带，你知道，那表示荣华富贵。

另一座石阙，书法家发现：这里也有一幅同样的铺首衔环哩。

对了，但刻在母阙三幅中最底层，不论门神和铺首衔环，包括石阙本身，就像对联，要求对称，中国传统文化就是这样。武氏祠这两幅，一高一低，是否败笔？

第三位开讲的是史学家。他选了西阙南面子阙第三幅画像，位于楼阁之下，一头跳跃的大老虎之上。这幅画应该是周公辅成王的故事，成王年幼继承王位，周公旦辅政，人人都以为周公会篡位，结果他一直扶持幼主，粉碎诬言。画中只有四人，没有榜题，很清晰，画了个矮小的人，应该就是成王吧，身边有一人手持伞盖，举在成王的头上。

为什么没有榜题也知道这是周公辅成王呢？因为这样的图画，经常出现在古书上，尤其在汉人的画像石上。同样题材的画，石匠辗转抄用。侍从挽着弧形的伞子，可有一个特别的名堂，叫曲盖，那是帝王出行的一种仪仗。老师在书上也看过周公辅成王图吧。

看过。

图中的华盖，有的画得像一盏灯，有的像垂流苏的圆伞，最漂亮的是山东沂南出土的一件，简直像二十世纪在空中飞翔的宇宙飞船，还垂下一串玎玎珰珰的配饰。成王虽年幼，毕竟是帝王，应站在画的中央，两边有臣子、侍卫。但武氏祠石阙上这一幅，成王局促地瑟缩在左边一角，持盖者竟占了中央的位置，背后右边另有两人，相对作揖，陌生人似的，这就不是有礼数的表现，抑或另有深意？这令我们想到，桓灵时代中级官吏，已经无视礼数，土豪地主更不得了。老师，该轮到你了。

八、榜题：石头玩具

我一边听一边偷偷啃着午饭时留下的甜烧饼，因为好像血糖低了，还掏出水壶，喝了两口水。我指指面前母阙上的第二幅图画。画内有四个人，左边三个大人，右边一个小孩。一看，可知是孔子见老子图。

这个，我们都知道了，真的知道么？

这的确是汉代流行的题材，比周公辅成王更多人认识，那小孩手握一个玩具，是一支长棒，连着一个圆圈。我们当然也知道，这个孩子是项橐，年方七岁，汉人盛传神童项橐三难孔子的故事，这小孩子的问难，难倒孔子，孔子叹说："方知后生实可畏。"但其实不过是孩童要大人猜谜罢了。他几乎出现在所有孔子见老子的石刻上。手上总拿着那样的长棒玩具，这玩具成为项橐的标志。问题在，这是什么玩具？

什么玩具？老师喜欢玩具。书法家问。

这玩具很特别，一般人都不甚了了，石工也是良莠不齐。他们雕刻流行的题材，有时是依样葫芦，不加深究，往往画一个圆圈，一个或者两个车轮，就交卷了。有的画成小车子，单轮或双轮，系上绳子，在地上拖着走动。项橐玩的，的确是小车子，可不像我们早些年流行的摇摇？这小玩具车有一个特别的名字，和鸟有关。

记起来了，那是鸠鸟。史学家说。

老师借过一本书给我们，书里的图画很清楚，还说在二〇〇八年陕西西靖边出土一幅孔子见老子的壁画，项橐就牵着一辆玩具鸠车，鸠车有轮子，鸠有头有尾，有喙，有眼睛。河南小童墓中出土一件铜鸠车实物，正好一模一样。壁画还是彩色的，颜色鲜丽。

对，长者扶鸠杖，童子牵鸠车。

啊，明白；怎么我忘了。

石阙上共有十多幅图像，有的题材重复，有的内容不明显，有的影迹模糊，不必追究了。不过，这时我又看到一只比较特别的动物，兴趣又来了。我们再玩一个游戏吧。这图中有一只怪兽，谁知道它的名字和来历，我请吃晚饭，否则你们请我。

我没有参加游戏，是听者有份么？你说。

好的，你其实参加了。

于是大家都朝那图像看。哎呀，什么怪兽？怪兽身边也是一只怪兽，竟有三个头，它自己呢，一个大蓬头。不是蓬头，根本就是

石头与桃花

许多个头，像小指头，数数，有八个。

史学家猜：神话里的昆仑之守，叫开明兽，有九个头，但这怪兽可少了一个。有没有贴士？

有，杜甫《北征》诗句："天吴及紫凤，颠倒在裋褐。"

语文家猜：不是天吴，就是紫凤。

再给一个贴士吧，李贺的诗《浩歌》："南风吹山作平地，帝遣……"

"帝遣天吴移海水。"语文家接口。

哈哈，对了，它叫天吴，八个头，人面虎身，八足八尾，能移海水，可见是水神。

看，天吴旁边的怪物也有三个头，它是三头人离珠呀。

明白，我们请老师。

你们明白，我可不知道三头人离珠是什么？你说。

怎么会忘了你。传说黄帝丢失了玄珠，就命离珠去寻找，因为它眼睛好，能见秋毫之末；《山海经》说它不是人，而是神禽。

九、榜题：说话的石头

当年武梁祠的房子，受洪水冲塌，有的掩埋，有的，大概早已漂洋过海，进入不同的博物馆、图书馆、私人的书斋去了。那么，我们到来，除了拜访一对石阙、一对石狮、几块汉碑、一堆石头，还想看到什么呢?你大概会有这个疑问。这个世界,已变得越来越不好玩,人类要不死于吵吵闹闹的冷热战火,要不就毁于冰川日夕融化的洪水。

你是否又在胡思乱想了?你说。

但这世界真的有一个固定发展的结构?

我们在汉画展厅,看到的几十块石头,早已破损变色,泛黑,漫漶,距离我们已有千多年哪,但每一块都是艺术,那是汉代匠师的绘画和雕刻,哪怕是断裂、不全,却仍然点点滴滴,呈现东汉社会的风俗喜好,以及当时的人对生活的期望、理想。这是奇异的石头记啊,他们诉说的故事,我想尽量亲近,细心聆听,哪怕是遥远、微弱的声音。我说着,从背包里的一本笔记里掏出一张图片。

看,孔子向老子下跪,执弟子礼。儒家在汉代受政府推崇,定于一尊,但民间那么多孔子向老子问道的石刻,说的可是官方故事的另一面。童子问难孔子,也有破除绝对权威的作用。你以为石头,即使碎了、乱了,就不会说话么?

武氏祠的石头画像,运用了平面减地线刻,先磨平石面,用刀笔刻画出物象的线条,包括物象的细部结构,再在物象外加工,减地凿纹,画像于是呈现凸起的效果,整个武氏祠的画像,都富于装饰性和表现力。

至于构图,往往采取平面的散点透视法,呈现多个视点:有的平视,有的斜视,有的俯视。有的,因为物象重叠,也产生纵深的视觉。这方面，后来发展成为中国绘画的特色。西洋画一般采用焦点透视，视点单一、集中，物象是近大远小，所以也称为"远近法"。汉画像石以刀代笔，以石代纸，当然有局限性，一般没有消失点，但它追求的毕竟主要是写意，而非写实。布局方面，则画面上下分两层，以至三层，栩栩如生地说出汉人所理解的整个天地世界：天界、仙界、人界。

这么厉害？

这三层，屋顶两石，那是上天，画的是祥瑞图，共刻了珍奇异兽，像麒麟、龙、六足兽、比翼鸟、比肩兽；神鼎、木连理、璧流离、玉胜等。东壁和西壁都是屋子的山墙，墙顶是三角形的。第二层属于仙界，西王母和东王公各占一边，由各种仙人环绕，蟾蜍、玉兔、三足鸟、九尾狐等等，还有带翼飞行的灵异。

第三层是人间，刻在祠堂的三幅墙上，不过只有名流才能上榜，从上而下，由不同的饰带又分出几层。东墙最上层的是帝王、忠臣；第二层是孝子；第三层是刺客，哈哈，刺客倒占一层，这好歹反映汉人的口味，体现他们认定的伦理道德；底层是车骑。

至于西墙的第一层是节女；二层是孝子；三层是列女。还有第四层，由两组合成，右为庖厨图，左名拜谒图。祠堂正中的后壁，也分四层：第一层为列女；二层为孝义故事；第三、四层上下相连，画的是楼阁、贵妇、侍女，左方有一大树，大人弯弓射鸟，以及历史故事完璧归赵等。

真是层层等级，把人分得昏头转向。

这是汉画像石的程序，半是真实半是想象，是人类也是异类的世界。有的表现墓主由人间上升到天国。有的，描绘墓主当官，步步高升，历程并置在同一画面上，像连环图。除了不同类型的画像，画中还有文字榜题，刻在人物的身边，有的指明画中人物的名字，有的还加上评语。

那么，你问，我们就看到这些么？

十、榜题：刺客

我们从右手边的"西长廊"，最后轻手轻脚走进第二个展室的"汉画展厅"，因为室内另有两个人，他们站在入口附近的角落，久久不动，像极石刻的两位古人，我们在他们的身边漂移，时而两个，时而三个，可他们毫不理会我们。书法家说，汉代的画像家真了不起，用剔底的方法凿出人物的轮廓，形成浅浮雕的样子，看上去像剪纸，他们又在黑影上加刻线条，呈现绘画的形象，我明白这是雕凿和绘画两种功夫的配合，也只有用石头才做得出来。

是的，石头有石头的文法；人物虽然是黑影，可眼睛、嘴巴都很清楚，而且动态又极传神，是一种精准的艺术语言。

也不要以为汉画像的物事总是独立的浅浮雕。其他国家同一时期的浮雕，像埃及、波斯，不雕物象的正面，虽则连群结队，到底各自独立，公元前汉代的匠工可懂得把主题人物叠置；史学家接口，例如武梁祠的《荆轲刺秦王》图，这显然是很受欢迎的题材，画像人物都有榜题，以正中的桐柱一分为二，荆轲在右，秦王在左，这符合中国人从右至左的视觉习惯，精彩的是，荆轲掷出的匕首，插在柱身，还扬起丝带。我们看到秦舞阳畏缩伏地，地上是樊於期的头颅。荆轲怒发冲冠，身后另外有人把他紧紧缠抱，显然是侍卫，这修改了《史记》所载，侍卫没有召令不得近前。但物象的叠置，却是新创。又例如《列女传》的《京师节女》中的杀手，以及《梁节姑姊》中入火救子的妇人都半隐在屋柱背，那是表现了含蓄、暗示的视觉效果。

两个站在入口附近的人，一直原位不动，我们只好绕过他们，朝另一方向转去。两位朋友在看《北斗星图》。史学家继续说，古人观察星象，对天的看法很有趣，这幅画竟然画了皇帝坐在一驾斗形的车里，那斗就是七颗北斗星中的四颗，想象力岂不丰富？斗车的车轮浮在一片云雾之上，车前有迎驾的朝臣，车后有送行的官吏，七星的斗柄上，看，还有飞行的羽人。

这时，我发觉怎么不见了书法家，原来他走到两个黑衣人后面，侧起头倾听，一定有什么有趣的说话，于是我们也走过去，看到一幅很特别的画。

很特别的画？你问。

原来是《水陆攻战图》。

《水陆攻战图》的拓片我们看过，画面很繁富，分两层，上层是大队车骑，有带武器、盾牌的兵卒。这是长官出行，严阵以备。然后转到下层，那是后来的发展，果然战斗起来。画的中心是一座拱桥，桥上有车骑行走，桥下有船和捕鱼人。图中挤满了人，各带武器，有刀、戟、钩镶、弓箭、盾牌，正在互相打斗。有人从桥上掉下，峨冠博带，持剑执盾，受左右持剑的人夹击。空白不多，却又补上鸟和鱼。

黑衣的长者对年轻人说，这桥上水中攻战的图样，显然是汉人喜欢的题材，相当流行。这里就有两幅。非常精妙的构图，稳静的桥，剧动的战斗，在矛盾里有统一，繁而不乱。不过，我们要解答，为什么交战呢？

谁又和谁交战呢？书法家也插嘴问。

画中有五个榜题，他逐一照射，左边是主记车、主簿车。右边三辆，榜题是功曹车、贼曹车、游徼车，两边车后都有兵骑、步卒，一辆系了犛带的篷车，在拱桥中央，是全画的焦点，物象比其他要稍大。看那些车队，前迎后送，正是一个高官出行的排场。

明白。

长者也没回头看我们。我站在几个朋友的后面，也只看到长者和青年的黑色背影，不过长者的声音沉稳清晰，仿佛从遥远的石洞里敲凿传来的回声。

这幅画叫人震惊的，不是官员的排场，而是战斗，为什么官方的车骑和平民打斗得那么激烈？很可惜，因为这里没有榜题，不知道，就按战斗场面，称为《水陆攻战图》。汉代流行这画像，纯粹为了装饰？

我们一直不知道，然后，长者清一下喉咙，然后到了一九九三年，山东莒县东莞镇一座宋墓中，发现了几块画像石，你知道，我们山东，是画像石之乡，宋墓中的一块石阙，刻着的和武氏祠这块的内容相同。宋人墓中有汉画，一点也不奇怪，自从三国以来，常常有人利用汉墓，因繁就简，把死者葬入，而汉人厚葬，墓中往往有汉画像石。明白吗？

明白的，书法家点头。长者其实始终没有回过头。他也不见得是对书法家说的。我们觉得有点好笑。

这宋墓的出土很重要，因为右上角有榜题，两个字："七女"。考古家很雀跃，找到了一点点线索。然后，不多久，在内蒙古和林格尔一座汉墓，发现那么一幅同样的画像石，上面也有榜题，令人难以置信的六个字："七女为父报仇"。不得了，埋藏在石头里的谜语，好像忽然解开了，七个女子、报仇，里面一定有动人的故事，多么耐人寻味。于是大家都往古籍中翻查。

史书上有记载么？我低声问身旁的史学家。

不知道，好像没有。

好像武侠小说。语文家说。

武氏祠《七女为父报仇》画像石，何福仁摄，2020年6月

十一、榜题：七女

七女的事迹，史书、传说，都不见记载。

记了，也只会记在《列女传》里。

都是男性写的历史。

刺杀长官，更可能是禁忌。

不过一模一样的画像石，出现在山东莒县、山东孝堂山石祠、临沂城南吴白庄公社汉墓；安徽宿县褚兰两座石祠更有两幅，甚至出现在了塞外内蒙古和林格尔的汉墓中。就连最近二〇〇八年河南安阳高陵的曹操墓也有。安阳高陵是否真的是曹操墓有争论，特别的是，受袭的长官不叫长安令，榜题是"咸阳令"，另外还有题为"令车""主簿车"。再细看画像，同样分两层，上层是出行的车骑，然后走到下层，突然受袭，有七个女子，梳着发髻，分别在桥上、船上，挥动长剑，要刺杀令车的主人。

然后，长者略为停顿；然后，又有线索，在和林格尔的画像石上，考古学者发现了桥上中间的车骑有"长安令"三个字，他明显是事主。桥的木柱下又有榜题："渭水桥"。这是陕西西安的名桥；长安令则是汉代的官员。令官的名号不同，魏晋时称"咸阳令"，是年月已久，刻工并不深究，各取所需好了。事情不是很清楚么？七个女子，其实是刺客，袭击出行的大官，为了报父仇。这些女子，是姊妹么？她们看来都精通剑术，足以跟专业的刀剑男子拼斗，而且细心策划，有什么血海深仇呢？在名桥上火拼，一定惊动了整个京师，怎么竟然没有文字记载。

然后？书法家说。

找来找去，学者从北魏郦道元的《水经注·沔水》篇中找到一段记述，说陕西城固北有"七女冢，冢夹水罗布如七星"，大水破坟，得一砖，刻着"项氏伯无子，七女造墩，世人疑是项伯冢"，这是说，陕西有七女墓，女子各为一墓，罗列像七星。然后大水冲破坟墓，找到一砖：项伯没有儿子，七个女儿为他造了坟。项伯是汉初鸿门宴中一位要角，他是项羽的叔父。在宴会前向张良通风，说项羽会在饮宴时加害刘邦，因秦末时他曾得张良拯救。他提议不如一起远走吧。张良拒绝了，引他见刘邦。项伯回楚营后，把见刘邦的事具报，劝告侄儿，杀先入关的刘邦，是不义。翌日宴会，我们知道，其间项庄舞剑……

项庄舞剑，意在沛公。书法家说。

项庄是项羽的堂弟，以剑术闻名，舞剑的目的是要刺杀刘邦。但项伯也起来凑兴舞剑，总挡在刘邦面前。项伯在宴会上救了刘邦，后来项羽捉了刘邦父母，要把他们烹了，也是项伯相劝。刘邦统一天下，封他为射阳侯，赐姓刘。他归汉后的事迹，再没有什么记载了。

项氏家族看来都是出色的剑师，难怪七女那么厉害。书法家说。

长者忽然转过头来，吓了我们一跳，那是一张白发却童颜的脸，眼神迷茫，很快转过脸去。我忽然感觉奇怪，这张脸，我好像在什么地方见过。

那么简单么？历史总是我们认为应该是的这个样子么？项伯受封射阳，射阳在江苏，他的坟怎会跑到了陕西去？况且，他是有子嗣的，史书记载他儿子叫睢，刘睢犯了罪不得继承爵位，侯国除名。这个项伯冢，郦道元不是说只是世人的猜想？

这个七女冢的项氏，不是项伯，但不可以是他的后人项睢，不，刘睢么？书法家沉吟。

史书可没有说刘睢犯了什么罪，刘邦或者他的谋臣，会信赖项伯、信赖项伯的二代？项氏受封的，还有好几个。史学家说。

刘睢可能被骗到长安述职之类，由长安令给他一个罪名，敛财、渎职，可能……语文家在发挥想象。

如果跟项伯或者项氏的亲人，又或者跟项氏后人有关，那么这是西汉初的事件，出现在东汉的祠堂里，只能说，汉朝前后四百年，民间始终念念不忘。

真正的问题是，为什么汉人喜欢这画，不断复制？长者问，那么繁复的画面，工序多许多，并没有留白。

十二、榜题：复仇

你们以为呢？我问。

大概和时代风气相关。汉初尊崇儒学，解说《春秋》义理的《公羊传》地位最高，《公羊传》曾引伍子胥的话："父不受诛，子复仇可也。"父不受诛，是指父亲没有罪而被诛杀，儿子复仇是可以的，再指出要是有罪被诛，就不能报仇了，否则永远没有了结。这种肯定合理的复仇，结合官方大力提倡的孝道、社会上的任侠风气，深入民间，影响很大。

还有武帝任用酷吏，一定有许许多多不平、不义的冤狱，司马迁为李陵呼冤，就自己入了狱。所以他写《刺客列传》。他的《史记》成为禁书，直到武帝的曾孙宣帝时才解禁，不过已经删削了。

武梁祠岂不都有司马迁笔下六位刺客的画像石？在东壁第三层，有要离、豫让、聂政。西壁第四层，有曹沫、专诸、荆轲。画像都呈现事件戏剧性的一节。刺客的故事，从西汉初一直流传到东汉末。

都是男刺客，七女是女刺客，可惜不见经传，这世界真的只是公世界？

不是有一个聂隐娘吗，不过，那是传奇小说。

其实真有一个，在西汉的《列女传》里，她的名字叫赵娥。赵娥的父亲被同县人杀死，她有兄弟三人，可都病死了。仇人很高兴，以为不会有人找他报仇了。赵娥很愤慨，像我这样的女子，难道不算一个？她带备兵器，偷坐在帷车里等候仇人。她等了十多年，终于在长亭遇见仇人，把他手刃了。杀人后她向官府自首。官长觉得她有情义，要解下印绶和她一起逃亡。她拒绝了，说不敢苟且偷生，徇私枉法。后来遇赦免罪。州郡还表扬她。故事很简单，父亲何以被杀，没有交代。因为没有交代，读者听者就可以随意融入；这十年，赵娥是否苦练武术？

别小看女子。

刺客出现，这是对治法的不信任，认为不能彰显公义，这无疑是对政府的否定、颠覆，官方当然要取缔，不许颂扬，司马迁之后，刺客再不列传了。

西汉的扬雄已开始贬评荆轲、要离、聂政等人，说他们哪里配称正义。

这种争论到了唐代还没有平息。两大作家曾为此有不同意见，那是陈子昂和柳宗元。

愿闻其详。

只能简略说说。武则天时，徐元庆的父亲被县尉杀害，徐元庆伺机报了父仇，然后自首。当朝颇有人认为这是孝义的行为，应该免罪。但谏官陈子昂奏议，认为按照法律，杀人的要处死。他建议一方面处以死罪，另一方面则表彰他报父仇的行为，并把这案件编入律令，永远作为国家法则。当时，大家都觉得这是个两全之法。柳宗元不同意。他写了篇名文《驳复仇议》。他认为这是矛盾的，处死和表彰不能施与同一人。处死可以表彰的人，是乱杀，是滥用刑法；表彰应当处死的人，就是过失，是破坏礼法。然后他指出这案件是当官的杀了无辜的人,而上下又互相包庇,徐的冤屈无处申诉……

七女也是这样吧,明白。

十三、榜题:走出石头

我们从汉画展室出去后园,那里是祭坛和三个墓地,好几处乱石,有些用胶布覆盖。还架起几个展板,说明扩大发展的蓝图。我们回到大门口时,年轻的票务员已经在等待。售票的窗口早已把撑起窗口的木棒放下,变成一幅没有裂缝的墙。我们才踏出大门,年轻人马上拉动闸门,关上。

里面还有两个人哪,我们喊。

两个,在哪?

在后面的汉画展室。

喔,他们常常来。

他们不走?

他们自己从后园来,自己从后园去,放心,那么两个,肯定不会把石头搬到家里去。

后园?

他们大概就住在附近,一个是教授,一个是学生吧。

不用买票?

是熟客嘛，你们上哪儿去？

我们召了出租车回曲阜阙里宾馆去。

那我先走了，也住得蛮远的。他把一篮子的大蒜缚牢在摩托车前，开始推动。

你不住在宿舍？平面图上不是有宿舍么？

这个嘛，我只是临时替工；你们也买些大蒜吧，这是纸镇坊的名产，有益，辟邪。

他们不用买票，那我们呢？书法家在背包里搜寻门票。摩托车已翻起尘土，好快拐了个弯，消失了。

醒来，醒来，有人拍打我的手臂。我们到了，老师真好睡啊。我揉揉眼睛。

二〇二〇年八月

桃花坞

一

坐在书桌前，没事可为，因为受一种不明来历的病毒袭击，全球有三分之一人染病，五分之一人死去，另外五分之一人，正在太空漫长地漂泊，在星际之间寻找可以安顿的地方。我们留下来的，被禁足外出，必须外出的话，要佩戴全套防毒装备，包括氧气筒，穿得像航天员，笨重，行动缓慢，而且易累；在自己的星球，反而像到了其他的星球。同事小王告诉我，这跟去明星没有太大的分别。明星是十年前发现的，一直躲在月球的背面，因为不受光，所以可以长期避开人类的眼光。小王去旅行过，发誓以后再也不去，即使再次抽到环宇旅行的大奖；这人就有这种运气。

花花，我说。计算机的屏幕立即展现高山流水。花花是我的计算机的名字。大半年来宅居在家，一切都依靠花花，它是我的管家，我的娱乐，我的厨师，我的老师，我的朋友。它已有六百岁了，但会到时到候，只需一个晚上充电，眼睛闪着光，就自动更新了。

早安，昨晚睡得好吗？花花问。

还可以。

仍然观看历史？

几年来,我都在观看过去的中国历史、中国文学,从远古的夏商周,一直看到汉末的三国,看的是24K全息影像,而且可以选择身临现场。不过我们不能改变历史的进程,绝对不能改,否则你改我改,岂不天下大乱?球体受不了,会呵欠一声化为黑洞。如果在现场拍了照片,回来时也会化成一阵烟,乌有了。一般来说,我浏览一下就算,遇上有趣的事件,才再仔细观看。毕竟是太远古的事,好奇会害死猫。一次,我就因为好奇走进赤壁之战的现场去,兵荒马乱,在连环船上,几乎也被大火烧着了。

好的,继续吧。

屏幕出现魏晋南北朝,各种事件的专题选项,包括重要的文学艺术。忽然我看到"晋人的'乌托邦'"六个字,眼前一亮,这"乌托邦"是有引号的。这其实是花花对我的推荐。于是说,就这个,乌托邦。

粤语?

粤语。

24K全息影像?

24K全息影像。

进入现场?

我犹豫了好一阵。

你可以有大半天的时间,晚上十二时前回来,不然你会变冬瓜。现场?

二

耳畔响起流水潺潺的声音。

我站在一条溪涧的岸边,缓缓的流水,从远处低唱,水上浮着一片又一片花瓣,粉红色,是桃花,我认得它们是桃花。我在童年的时候到过它们的出生地龙华,那里是桃花的一处故乡,就种下了桃花的印象。桃花真是艳丽,有白,有红;有的重瓣,有的半重瓣,花朵丰腴,树干扶疏,灰褐色,有孔,不太高,也不太矮,却长得密密麻麻,一大片一大丛,漫山遍野。偶然一阵微风拂过,它们就随兴起舞,这一朵那一朵,翻飘着,旋舞着,细雪似的,散满天空。然后轻柔地降落,在水上舒展,睡一会儿吧,由流水把它们带到远方。

我踩着粉红色的软泥,摇着头,拍拍衣服,抖落身上头上的花瓣。空气太甜美、太清新了,我的肺很久很久才适应。我朝前面一个小山洞走去,有一点光从圆洞中透出来。

这时,前面走来两个人,从前方一条狭隘的田间路上出现,本来是两个黑影,走近了,却飞也似的奔跑起来,跑到我的面前,挡住了我的去路。他们穿着及腰的短衣,及膝的短裤,草鞋,双腿都沾上泥泞,肩上荷着锄头。我也只好停步,彼此都静止不动了。

咦?

咦。

请问这位先生从哪儿来？

他们对我上下打量，两个人都张大口，下颚垂了下来。因为我穿的是一件短袖子的对襟衬衫，纽扣扣上领口；穿着牛仔裤、白袜子，一双休闲运动鞋，绑着粗鞋绳。我还背着一个背囊。我短发，发也不多，不像他们，头发在头顶上打了个结，用布包着。我对他们是见怪不怪，我在书上见过，都是一个样子。

我从外面来。

外面，是哪里呢？

嗯，是南方吧。

南方？

我可以告诉你们，大约是北纬22°08′至22°35′、东经113°49′至114°31′之间，在中国极南的沿岸，北靠广东省、西背珠江口、澳门，南望南海。

他们面面相觑。

太复杂了吧。你们住的地方，有黄河、长江。黄河黄，长江长，都是世界闻名。我住的，有珠江，可不要以为珠江有珍珠。你们当然还没有听过，也不怪你们。但我们至少有一样是相同的，对吗？我们都是汉人。你们或者不知道魏晋，但总应该知道有汉吧。这时我才看清楚，他们一个皮肤黝黑，想是下田的结果，另一个，却出奇的白皙，长着胡髭，他难道不下田么？

你也是汉人？

有些东西不加深究，本来很清楚，再仔细想想，就没那么肯定了。我可能是南蛮，可能是楚人。楚人也不错，这就和屈原是同乡。你们呢？

我们，从田里来。

奇怪，现在正午，你们不是该努力工作，然后才戴月荷锄归么？

喔，那阁下就有所不知了，那是老规矩。我们的确本来是日出而作，日落而息，但是我们这里土地肥沃，稻米收成很好，每年可种三期；我们的后山，经过改良，看来也可以开垦种山坡稻。我俩在交流、研究。粮食足够了，就不用全日下田，我们改为两班制。每人只需下田半天，上午一班，下午另一班，不用太辛苦。余下的时间，可以自己使用，钓鱼、运动、绘画、读书，或者什么都不做，吃茶、喝酒、晒太阳。

生活很不错啊。

算不错，这是我们的选择。

但使愿无违。

啊，先生贵姓？

小姓何。

我们这里几乎所有人都姓陶，也有一些别姓的，他就姓陶，我呢姓胡。说来话长。何先生，这样吧，我们今天工作完成了，阿陶有事要到村长家，我正要回家休息，有兴趣到舍下坐坐吗？

换班了？你们还没有钟表，也知道时间？

钟表？我们的田垄总竖有一支木棍，太阳的影子本来是斜的，影子不见了，就是正午了。

哈呀，你们已经有日晷了。

这是祖先传下来的智慧。先生看来是读书人，大概不下田。来，到我家坐坐。

我们这里许久没有人来过了。

三

阿胡带路，在田间小路走，走过了一道小木桥，再转了两个弯，他沿途为我介绍路上的风景。只见土地平旷，屋舍简陋，但俨然。草屋八九间一组，然后是另一组，再又另一组。也有的，半砖半草，比较漂亮，仍很素净。田间除了水稻，还看见棉花田，朵朵白色的棉花绽放，从褐皮外壳裂出白雪也似的花朵。棉花长得不高，伸手一碰就采到手了，只觉柔柔轻、绵绵软，就像抱住了小绵羊。棉花朵中有黑色小粒种子，放手向空中一挥，棉花飞上天空，漫天飘荡，好看极了。在我居住的地方，早没有农夫，只有地产商，开垦的是楼房，借口土地不足，就把楼房建在岛上的半空，一个个蚊型的宇宙飞船，由钢索互相捆绑，构成浮船的网络，每个船舱里再加以分割，出租或者出售。他们自己呢，住在十四星的超级豪华船里，泳池、高尔夫球场，什么都有。可病毒一来，生意大减，他们的眉和嘴都像哭丧似的弯了下来。

我们经过甘蔗田，阿胡顺手折了一根，在衣服上擦几下，递了一段给我。两个人像孩子般边咬边走，甜美极了，蔗渣就向田间乱吐，真是爽快。途中，我看见一个童子趴在牛背上经过，他原来睡着了。不久，到了阿胡家。

他家是一个大草庐，有院子，阿胡的妈妈和他的女儿在门外的竹架下采葡萄。祖孙一老一少，皮肤都很白皙，眼睛深邃，不过母亲连头发也花白了。她们都穿汉服。胡家女儿十四五岁，袍服显得与众不同，我看过一般的襦服都有一条束腰的布腰带，她呢，腰上却多束了一条，而且是皮革的材料，这腰带才特别，带上穿了七八个圆洞，每个洞都挂了一条绳子，系着小饰物，啊，不是玉佩，而是工具。我看了好一会，姑娘并没有觉得不好意思，爽利地说，我们族人都挂工具在身，方便随时取用。就取出几个说，这是手帕，这是打火石，这是小刀、糖果、荷囊，囊上饰有兽头纹。

胡家原来养了两只黑色的大狗，拴在院子一角，吠了好一阵，阿胡叫：阿普、阿富，这是客人。果然就收了声。他说因为后山上有野猪，会下来觅食；可能还有老虎。但阿普阿富看门，老虎也不敢来。我走近去看，原来是两只藏獒，很威猛，大头披着厚毛，像狮子。虽然健壮高大，但样子其实很谐趣。它俩立即站起，对我虎视眈眈。安静，坐。它俩就坐下了。阿胡说阿普阿富看起来凶巴巴的，对认识的人畜可友善祥和，从不追鸡逐鸭，还会看羊呢。虽然乖乖坐定，两只大狗仍在观察我的动静，可能是因我奇异的衣着，我奇异的气味吧。

进入客厅，多么特别的客厅，家具不多，不过是几把椅子、三两张茶几，都很特别，是我在屏幕或者书本上从未见过的。桌椅都是木制，构造很简单，木条和木板清清楚楚，没有花纹，坚固结实，而且是罕见的高家具。朋友都喜欢到我们家来，他们喜欢我家的椅子、茶几，因为坐在地上久了会不舒服，尤其是老人家。胡妈妈说。也欢迎你来。

我也喜欢这些家具，有点简约主义的味道。

简约主义？

啊，简约就是。是自家做的吧？

是呀，这是家传的手艺，我的祖家是胡族，人人会做。

胡族？

是汉人所说的羯胡。我们的祖父母把我们带来，这之后，我们就自己做，直到现在我们还在做。许多汉人家也有我们做的家具，他们叫作胡床。哎呀，没有什么可以招呼你，吃一点葡萄吧，也是自己种的，还有羊奶，也是自己养的羊。

后来回到家里，我问花花五胡的故事。它告诉我，胡人自己排了次序，是"一胡，二羯，三鲜卑，四氐，五羌"。大约公元三〇〇年，五胡十六国时期，羯族的石勒在中国北方建立了后赵政权,重用汉人,设定各种政治制度,但同时刑法严苛,明令本族人可以任意抢掠汉人。"胡"字是禁说的。不过这民族的来源,众说纷纭,始终不能确定。他们皮肤白皙,鼻子高,毛须多。屏幕上这时出现几个高加索人。有学者认为他们是来自中亚地区的白种人。

难怪,你也看到?

看到,我是花花,不是大狗。

他们怎么会走到那里,汉人为主的地方?

后赵的政权很短暂,继承的石虎,凶悍残暴,简直是野兽,他和将士抢掠汉女,淫虐之后宰杀烹食,称之为"双脚羊"。

啊。不要给我图片。

恶行还没有说完,他治下的汉人,几乎被杀绝。

够了,简单些。

好。后来,后赵内乱,有一个汉人叫冉闵,乘机起来反抗,夺得政权,改国号为魏,这一次,冉闵颁布"杀胡令",屠杀羯人报复。这种民族之间互相仇杀,要灭绝对方,在中国历史里不是唯一的一次。不过,人类就是这样,会因为不同肤色、生活习惯、思想形态,而不容对方。幸存的胡人被迫迁徙,向漠北、中亚流亡。有些,成为了汉人的奴隶。到汉人自己受汉人迫害,跑到这里,就带了他们到来。

不再当他们是奴隶了。

不再。

四

老人家问了我许多问题，总结起来就是一个：外面怎样了，有没有胡人，有没有白皮肤的人？我说，外面本来有许多人、许多国家，不过因为各种不同的原因，有许多离开了。至于白皮肤的人多着呢，笼统地称为洋人。还有黑皮肤的人，有的黑得像炭，有的因为通婚，变成浅黑，都美得像牡丹。

我说，许多年来，外面的世界，变得天不断翻地不断覆。而且瞬息万变，不要说你们不认识，我们自己也不理解。我们有亿万样的发明，是个后而又后的科技世界。什么是科技，他们摇摇头，我只好简单地从日常生活上说。例如交通工具，我们可以坐车，坐飞机、飞船，可以到处去，甚至回到古代。这就不好说了。又譬如，我在途中看到有人在河边浣衣，就说煮饭、洗衣等等，全由计算机包办。我的计算机，叫花花。什么是计算机？又不好说了。又例如，我们的医药很了不起，过去的癌症、艾滋病、超型沙士、COVID-42、丧尸病狂等等，全有解药，都不成问题。当然，八个桶七只盖，总漏盖一个，解决了这个问题，又制造了另一个问题。又例如，我发觉，她听了，似懂其实不懂，只是不停点头，重复地说，这很好，这就很好。

我没有说，新时代的新问题。没有花花，我根本不能生活。有时想，它才是主人，只是个宽大为怀、乐善好施的主人。而科技解决各种问题，另一面又带来许多新问题。我们正受到一种不明来历的病毒袭击，何尝不是科技带来的？而不同民族之间，何尝吸取历史的教训？

她一直眯着眼看着我的眼睛，终于忍不住问，你的眼睛前面挂着的，是什么东西？我说是眼镜，就除下给她看。我的眼睛由于自小长期看屏幕、玩电玩，年纪轻轻早已深度近视，再然后黄斑裂变、青光眼，可都一一治好，到头来，实情是换过一双眼，又重新开始几百度近视的历程。我替她把眼镜戴上。咦，奇怪，她说，怎么看东西清楚了？真的很清楚了！我告诉她，眼睛病了，这是帮助眼疾的工具。她听了很羡慕，说，有这工具真是好极了，这些年我活得像盲人，以为自己瞎了，不敢上街呢。

这时，阿胡的朋友阿陶来了，说村长要他捎来口信，说难得有外面来的客人，今天晚上，想请客人赏面到他家吃饭，并且在他家留宿。屋子外有驴车等候。我当然答应了。向阿胡等人告辞时，老人家紧握着我的手，依依不舍。一再感谢我告诉她外面白皮肤的人的消息，好像听到久别的亲人的近况。很好，这就很好。她一直送我到院子的门口，我发觉门外早有一大群人闻风而至，男女老幼，都笑容晏晏，友善极了。我从背囊取出一副眼镜，交到老人家手上。她惊喜万分，那么你呢，你看得清楚吗？我说这是我的后备，我可以再去配，配多少都有。他们和我挥手道别，祖孙俩哭了。

好些人跟随着驴车跑，尤其是小孩。我老远还可以听到两只大狗的吠声。

五

到了村长的家，村长一家亲朋戚友已在门外欢迎。那是个半砖半草的四合院。我想跟他握手，他却双手抱拳。我们寒暄了好一阵，就带我走进屋里。

大家坐定，晚宴立即开始了。我很留神吃的是什么，以及怎么吃。我的祖母，告诉我她幼年时还可以吃到裹蒸粽、馄饨面，那些味道长年不散，成为了她记忆中的家乡。如今我吃的，因为疫情，大半是各种配置好的维他命药丸，足以饱肚，且加添了各种口味，其实是假味。

首先厨房端出来的是汤水，盛在碗中，放在托盘上，由村长的儿子和女儿一起端着送到客人的食案上，托盘里一碗汤，还有一个碟子，内有六件煎饺，餐具是一双筷子、一只汤勺。原来是豆腐芫荽汤和韭菜煎饺，简单，却很清鲜。这是头盘。主人说，煎饺较燥热，豆腐则寒凉，可以中和，这是食疗的配合。

我端详眼前的餐具，都非常漂亮，既非陶器，也非青瓷，而是漆器，轻巧，两种颜色，外壳是黑色，里子是朱红。眼前的漆器，除了托盘、汤碗、筷子、勺子，连食案也同一色调，如今已很罕见了。想不到，我们的祖先，无论走到哪里，总不忘生活的情趣。这时，村长向我指示大厅，厅中铺了一幅棋子方褥，一名年轻女子出来，手持一管很特别的笛子，行了一个礼，坐在方褥席上，呜呜咽咽地吹奏起来。我不知道吹奏的是什么曲子，音色悠扬婉转，很好听。表演完后，我们也刚好喝完汤。主人说，这是羌笛，羌族人的乐器。噢，羌笛，对我来说，早已是陈年古物。他让女子把笛子给我看，原来是两根细竹管用丝线连结在一起，管长十三四厘米，有一个吹孔，五个音孔，竖吹，双簧共振。我禁不住说：羌笛何须怨杨柳，春风不度玉门关。好诗，好诗，村长鼓掌赞叹。他以为是我作的，我当然也不会破坏他的雅兴，说明这是后来一位诗人的作品。

喝完汤，年轻人把托盘移走后，厨房又端出另一个托盘来，这次是米饭，一碗花花绿绿的米饭，一碟栗子焖鸡。米饭为什么花彩斑驳呢，原来除了白米，还有杂粮。杂粮？村长解释，有红豆、白扁豆、赤小豆、粟米、绿豆、紫薯等等，不单有益，好吃，还好看。主人说，这是我族人的传统，最初为避难而来，粮食不足，禾稻还没收成，长辈为了节省白米，就混杂了其他，难关渡过，发觉这做法很好。

五色饭非常好吃，真是吃得津津有味。紫薯甜美，豆类有质感，米呢胖胖圆圆，颜色并非一般的米，就向主人请教。是糙米，它保留外层，富含蛋白质、纤维等，比白米更健康。但比白米硬，不过只需烹调久些就行。其间，年轻人又端过两次小菜，有虾仁炒蛋、清蒸鲤鱼、菠菜。普通家常，粗饭淡茶，主人说得客气，可都是从自己的田中、鱼塘里来的。我吃到了许久许久遗忘了的滋味。最后还有甜品，是莲藕糯米糖食。

据说晋人喜欢喝酒，案上也有酒，村长说是石榴酒、梅花酒，都比较清淡，人们也喝的不多。村长告诉我他们一个很受尊敬的祖父辈，当年在外面做官，太喜欢喝酒了，公家的田都用来种秫，秫是有黏性的高粱，可以做酒。他的妻子一再劝他种稻，他才一顷五十亩种稻，留下五十亩种秫，无酒不欢。结果辞官后，晚年一贫如洗，要亲朋接济。他的遗训是，酒可喝，却不可多喝。

这时候，两个年轻人搬了一张长案来，放在大厅中的地席前，面向堂中的尊位。接着，出来一名抱琴的中年男子，把琴平放案上，自己则坐在席上，凝神庄严，气度安和，然后弹奏起来。咦，这琴我从没见过。别的古琴，我见过不少图片，比较考究的古装电影也有不少，大都是七弦琴。琴身高近似一个普通人，琴体扁平，头尾差不多宽阔；弹奏时两只手的手指，按在琴弦上，节奏急时，像翻飞的蝴蝶。它是一尾会低唱的鱼。我还想到，那世间还有那么一张无弦琴，琴主边抚边说：但识琴中趣，何劳弦上音。

可眼前的琴，一半像鱼，另一半却又圆又窄，像海豚的嘴巴，更奇怪的是，弹奏时不是指按弦线，而是用竹尺敲打。村长见我一脸是问号，只吐出一个字：筑。后来，花花告诉我，筑是一种敲击乐器，像五弦琴，在战国时流行于山东一带，筑体为木质，实心。

中国古人说的宫商角徵羽这五音，相当于西乐的 do、re、mi、so、la，即是简写的 12356，却没有半音递升的 fa 和 si。不过徵音和宫音可以变调，徵变为 4，即 fa；宫变为 7，即 si。羽声昂扬，而变徵的音声则显得悲凉。我只见演奏者左手按弦，右手拿竹尺敲击，动作很大、很快，筑音清越、优美，演奏完了才醒悟我其实停了竹筷。

见我对饭菜赞不绝口，终于有人问，外面的人，如今还这样吃吗？真是好问题。我说吃呀，直到现在我们还是爱吃米饭，吃面，吃饺子，希望可以一直吃下去，但过去人口增长是几何级。什么是几何级？总之是一倍一倍地增长。食物怎可能追上呢，只好扩大食源、品量，又要保证生产，于是人工快速培植，缩短收成期。凡事有得有失。我看你们的大鸡小鸡，村前村后自由走动，啊，鸡鸣桑树颠。我们呢，鸡只成千上万住在工场里，光秃秃的没有羽毛，五天内长成，还下了几次蛋。接着运到输送带，成为烤鸡，或者白切鸡、油鸡。其他畜类，大概也是这样，都是不会走动的怪物。结果我们自己制造了病毒。为了对抗病毒，全都加了工，加了什么工，说了他们也不会明白，总之，其实是以毒攻毒，食物完全没有真味，所以许多人，包括我自己，宁愿吃各种各样的药丸，因为幼时有幸吃过一两次真味，希望保持那种真的记忆。而江呀河呀，严重污染，空气呢，充满病毒。我见他们忽然愁眉不展，不知是不明白我的话还是什么，尝试安慰他们说：近年，人口的压力减少了，由于疫症变本加厉，死亡无数，加上大量外流。但说了，看来丝毫达不到安慰的效果。

六

吃过晚饭，饭具收了，再把室内一半的席子也收了，最后把席前的凭几也一一搬走。众人可没有散去。而是坐在余留的竹席上。原本一席一人或二人，如今一席四五人，有些还坐到我们的矮榻上，挤在一起。气氛非常热闹。因为坞人仍想听我讲外面的生活，我喝了点石榴酒，也很兴奋，多年来难得有人聆听，就不停地讲。

我说我们的世界，和坞内的生活，有相同的地方，不过衣食住行，已完全不同。我如今的衣着，是家居的衣服，外出要穿戴的是防毒衣装，当然，我补充，我已很少外出了。食物、药物可以通过管道，或者全息影像送来。我这套便服，我站起来，像猫模狗模，转了一圈，并且在所有人灼灼的目光下，把短袖子衬衫慢慢脱下。这是上衣，不用布带连接，而用纽扣。像舞台演戏那样，我的手指夸张地绕了个大圈，然后降落在衣服的扣子上。我把衬衫给他们传看。无不啧啧称奇，传了一个大圈才传回来。我知道他们对我的背囊很有兴趣，背囊需按我的指纹才能打开，我拿出备用的百慕大及膝裤，告诉他们穿着的方法：打开拉链穿进去。他们男的女的，都嘻嘻哈哈地笑。又看我身上的牛仔裤，其中一个更不客气地伸手摸摸裤料。当然，我身上的这条拉链可万万动不得。

说到行，我们要是外出，交通工具可不是牛车马车，而是电动的机器，可以在地上走，在水上走，还可以在空中飞，直飞上空中九万里。空中飞？大家都很惊奇。这时一位长者说，有什么特别的，我的外祖父在《南康记》里就记载了一把会飞的青竹杖。一位在外地做监工的人，懂得通灵术，晚上就偷偷地乘龙回家与妻子相聚。后来妻子怀孕，婆婆怀疑她与人私通，于是留心偷看，发现原来是自己的儿子晚上乘龙回家。那条龙，到了家就化为青竹杖，放在门外。不是扫帚么？这次反而是我问。不是，长者继续说，这位老婆婆好奇，拿起青竹杖，结果马上飞走了。青竹杖失去，这位监工以后回家，就改乘两只天鹅。你们，长者语重心长地说，都会通灵，会做青竹杖吧？

是电动，我说。我们是机械的世界，简单地说，日常煮饭、洗手……全用电子机械，不用人手。我们的手，再过若干年，大概就退化到可有可无的枝条。什么是电呢？都是好学的群众。电大家都见过，每当天气恶劣，雷雨风暴，那时雷声隆隆，电就在天空中出现了，那么一闪一闪，在黑云中飞出，从上空直杀到地面，把大家吓一大跳，这就是电，天然的电。我们的科学家，像你们说的通灵，把电逮住，驯服之后，加以利用。我们看不见，看不见，不等于不存在。我试做给大家看。

我从背囊中取出三件事物，梳子、小剪刀、薄纸。看我表演通灵术，要电现身吧。我把纸剪个细碎，落在几案上，我拿起梳子，擦了好一阵后发，因为早年长期佩戴头盔，额发早已退谢。然后我把梳子伸向碎纸，发生了什么呢？碎纸仿佛有了生命，跳起舞来。有些还粘连到梳子上。我说，梳子不是青竹杖，也不是天鹅，而是摩擦之后，唤来了电，我们叫静电。电会发光、发热，还会发力。大家都听得呆了，我知道，我是个失败的教师，他们可以投诉我不知所云。我真怀念花花，要是花花在旁就好了，由它解释。我说，外面的人，好像什么都有了，可有一样我们人类千百年来追求的东西，是越离越远了。在他们要追问我什么东西之前，我反问：你们呢？住在坞堡里，可好？

他们说，大致是：很好。对你来说，我们没有青竹杖，好像什么都没有。我们逃离战火，这里没有争斗。和平、自由，大家互相尊重，彼此帮助。我们没有什么君君臣臣父父子子那一套，村长是义工，由大家推选，两年选一个新村长。这里也很安静，没有车马喧哗，没有东家长西家短的是非，我们最关心的，是怎样耕好稻田，怎样种好桑麻。一个人忽然站起来，仿佛有感而发：我们没有催税的酷吏，没有抽壮丁，没有奴仆，人人平等，不管汉人胡人。说到汉胡，我想到一个问题，他们通婚，可是人口不多，千多人吧，又多为同姓，年月久了，就有近亲繁殖之虞。我提这问题，原来世乱流离，坞堡众多，有的大有的小，散布各地，往往两三之间有隐蔽的通道，一年选定几次互通，交换物品，以至于相亲。另一个青壮又继续什么都没有的话题,说:我们没有曲部,没有检籍。什么是曲部,什么是检籍,我其实不知是什么,反正不是好东西吧。有时候,有等于没有,没有才是真有。

那真是乌托邦了,我说,立即发觉,又说了莫名其妙的话。村长大概也猜想到我的意思,说:我们可不是不用努力工作,我们可得做好自己分内的工作。我们,其实也有隐忧。说时几乎所有人都低下头来。我追问,什么隐忧呢?村长犹豫了好一阵,只说:不足为外人道。

太阳下山了,屋子幽暗起来,年轻人忙着点灯,那是用灯芯点燃的高脚豆灯,当然比不上电灯了,我不习惯,所以仍觉昏暗。这时,许多来客都起身告辞了,他们习惯早眠早起。好几位还热情地邀请我明天到他们家去,吃饭,留宿,继续我们的话题。于是大家挥手道别。

村长毕竟也多喝了石榴酒,倦了,要回房休息,吩咐自己的儿子带我上客房。我的手表发出绿色警号,是花花提醒我,距离变成冬瓜只还有半小时。我正收拾背囊,发觉年轻人一直留在房里,没有离开。他有十六七岁。终于这样说:你走时,可以也带我到外面去吗?他直瞪着我,眼睛闪着灵光。我想了一下,然后告诉他听来的一位王子的故事,这位王子生活在无愁谷里,谷外面有围墙环绕,安全,而且无忧无虑。但日子久了,觉得沉闷,就想到要逃出墙外,看看外面的世界。他以为外面有他要找寻的幸福的生活。他得朋友的帮助，到了外面去，经历各种磨难，发觉幸福的生活，其实并没有。他终于还是回到谷里去。外面，年轻人，绝对不是你想的那么有趣。我还是想去看看，不看看，怎么知道要回来。他说。我的手表亮出红色，只有五分钟的时间。我只好说，我们明天再想想这问题。我把他送出门外。歉疚得很，我竟然对一个后生说了谎，因为呼噜一声，我已经回到家里，回到花花旁边。

二〇二〇年十月

土瓜湾叙事

前言

　　西西的《土瓜湾叙事》，断断续续写了许多年，写了十多篇，合成一个约两万五千字的中篇。其中个别单篇曾经发表，一篇就名《土瓜湾叙事（选段）》，即本篇中的《小花》；另一篇名为《图书馆》，即本篇中的《救书》；《盲姆看车》，也曾在一本刊物上发表，记者并据此拍过短片。此外，《陈大文搬家》写于二〇〇二年，是较早的一篇，发表后收在《白发阿娥及其他》一书中，这个中篇也就不收了。她还写过有关土瓜湾的诗，例如《美丽大厦》《土瓜湾》，都收在《西西诗集》里。《土瓜湾》一诗，原本不收入本篇，我反复斟酌，还是编入了。

　　在我编导的纪录片《候鸟——我城的一位作家》，西西曾用积木搭建土瓜湾一带的街道，再加以讲解。还有小说，深刻的长篇《美丽大厦》，她的确就曾居住在这么一个大厦。泰半是自传的《候鸟》和《织巢》，娓娓叙述她从内地移居土瓜湾的故事，以至《我城》，也是从土瓜湾写起。土瓜湾，是她生活了大半辈子的地方，读书、写作，从一个中学女孩，到一个年已八十多的老婆婆，她的作品，有形无形，都留有它的印迹。这种对一个地方的感情，也许可以用人文主义地理学的角度去解读，段义孚的 *Topophilia: A*

Study of Environmental Perception, Attitudes and Values 是这方面的经典，中文译作《恋地情结》。Topophilia 一词是诗人奥登推介约翰·贝杰曼（John Betjeman）诗作时的创造，那是指人对某个特定地方的爱，包含了文化的归属认同。对地方的归属、依恋，当然有心理的作用，但译为"情结"（complex），恐怕多少予人病态的错觉，那是经过长期压抑而形成一种无意识的郁结。无论奥登还是段义孚应该都没有这个意思。人地之情，其实很复杂，不如说是"情愫"或"情怀"。段义孚说："环境问题从根本上讲是人文问题，首先是要让我们认识自己。"段氏的大作，是理论框架的建立，《土瓜湾叙事》，以至《我城》或可作个案研究，这是具体的创作，且在小说美学上有所创新，写一个地方，可以是小说、诗和散文的结合。

当然，我们没有忘记西西塑造的肥土镇，这想象的文学世界，其实也有现实生活的底蕴。而写实之作，又何尝没有寄托？

《土瓜湾叙事》西西一直搁着，是原本打算多写一两篇，如今不再写，这就是了。

何福仁

你有你的黎巴嫩，
我有我的黎巴嫩。
——纪伯伦

一、不过是找一个房子罢了

陈大文和文嫂要搬家时去看了许多房子。搬来搬去，始终还是选择土瓜湾，离尖沙咀、佐敦都不太远；过海也方便，有一个码头，可以到港岛北角，算是适中的地点。而且，最重要的是，土瓜湾的房子最便宜。陈二文说，根据他的调查，土瓜湾有许多优点，因为濒海，空气不差，不像铜锣湾或旺角，高楼大厦围成石屎形谷地，车辆前赴后继，废气扬起，浮游黑子满天飞，久久不散，斑马线上行人都用纸巾掩着嘴鼻，咳嗽声此起彼落。大文对文嫂说：二文不是没有道理，只是说话一向夸张。

不过是找一个房子罢了，又不是终生住所，随时可以搬走，转换环境的。陈大文说。文嫂立即瞪着他，不嫌麻烦费事吗？上屋搬下屋，不见一箩谷，何况，我们将来不是会有孩子吗？一个人和房子的关系，可以这样随便吗？

二文对大文做了一个鬼脸。土瓜湾的地势是西北较高，向东南倾斜，从马头围道朝海岸一带，土地平坦，从来没有暴雨成灾的现象。雨水多了，会迅速流进海里去，连积水也罕见。雨季、风季，十号飓风刮起来，最严重的一次，只折断了海心庙公园里的十多棵大树。这当然是可惜的，二文眼里好像泛起泪光，但没有山坡，也就没有山泥倾泻、墙壁塌陷的事。说到山泥倾泻，二文双手倏忽由上坠下。文嫂哗地惨叫，许多年前她在电视荧屏前看到港岛宝马山山泥倾泻，把整座豪宅活埋，印象太深刻了，她好几次从噩梦里惊醒。她决定仍住土瓜湾。

街道的名字，陈二文继续他的调查报告，有的反映了街道的历史，有的反映了街道的位置。土瓜湾道曾是渔湾，样子像个土瓜。马头围道本来有一座码头，靠近码头是一个小小的围村。谭公道是曾有一座谭公庙，供奉得道成仙的谭公。谭公庙道不是在港岛筲箕湾么？文嫂问。对了，要弄清楚，那是谭公庙道，多一个庙字，因为那里现在仍有一座谭公庙。

木厂街的确有过木厂。土瓜湾不但有木厂还有漂染公司。那么炮仗街必定是制造炮仗的地方。落山道的确是一段山路，从山上走下来，几所中学就坐落在山坡上，学生读了书，下山走入社会。

也许有一阵子，二文说，民政官员对于为街道逐一取名觉得烦厌吧，街道那么多，就想到用系列的办法，名不一定要副实。最简单的就用城市和省份命名吧，中国有那么多的省城市县，全部交给土瓜湾也用不完。于是浙江街、贵州街、江西街、江苏街、福建街、安徽街，纷纷驾临小小的土瓜湾。这样究竟比第一街、第二街、第三街更有人情味。有人向花阿眉的朋友问路：西营盘的第二街在哪？他答：在第一街和第三街之间。又有人问他：礼顿道一号呢？这朋友答：在礼顿道二号旁边。

　　城省命名的街道好像是同时期平行出现的，后来又有了新的花款，也不能说是新的，因为整个肥土镇早期的街道，大多照洋名音译。有的译得怪怪的，例如 Pottinger Street，叫砵甸乍街；Belcher's Street，叫卑路乍街，不过习惯了，也不成问题了，不是充满地方色彩、历史印记？可是在这么土头土脑的地方，怎么忽然出现一个英文的街名 Maidstone？字面的意思是石头姑娘，陈二文翻查，原来英国肯特郡就有那么一个市镇，这次可没有照音译成梅德斯通，而是美善同道，真是音义都同样美而且善了，原来这条街上建了一列公务员的楼房，住着公务员，说不定还有西洋人，谁知道呢，好像都是美善之人。

　　后来的街道，又有的一套套出现，比如美景、美光，虽然无美可言；有的上下相从，如上乡、下乡，乡村的景色不存，不，这里附近有菜市场，白菜、茄子、西红柿、冬瓜、苋菜满街可见，怎能说没有田园景色。宋王台道是因为宋王朝倒台时，相传那位年稚的宋王曾流亡经过。说来我在观塘也遇上一个皇帝，二文说，一位在街道持着拐杖到处涂写的书写家，自称"九龙皇帝"，我奉上土瓜湾的贡品：一个菠萝包。只是土瓜湾嘛，可没有收到他御赐的墨宝。他是曾灶财，文嫂对大文说，你在家里不也是土皇帝吗？

　　著名的十三街，全用祥瑞的动物名字，什么龙、凤、麟、鹿、

石头与桃花

鹰、鹏、雁、蝉、燕、马、鹤,表现了华人希企吉利消灾的心理。有趣的是,十三街之中,有十一条是平行笔直的街道,不长,楼龄全都超过半个世纪。政府要收回重建,住户有的不肯搬出。为什么不走,二文摇摇头,是补偿不足,而且,打破了二百家汽车业伙计的饭碗。

大哥大嫂听得发闷,二文变得好像自言自语,其实他也习惯了。哥嫂俩宁愿眼看多于耳听。他们走了几天,几乎看遍了土瓜湾各式各样出售的楼房。奇形怪状的房子让他们大开眼界。有的大厦有两部电梯,一部停单数楼层,一部停双数楼层。有一个单位,面积不小,原来饭厅是僭建的,在窗外悬空挂搭,只靠几根木柱在外墙斜撑。绕饭桌一圈,地板会叮叮响,颤巍巍地震荡。

陈二文假日休息,也跟随大哥大嫂上长廊型的大厦去看房子,多一双眼睛可以看清楚。走廊上的单位都关上铁闸,有点像监狱。他到过广东省一些地方旅行,看见楼房的窗户,无论高低,大多都镶上铁框,从里面看出来,一定感觉很安全,外面看呢,像铁笼。

长廊型大厦的铁闸,旁边的墙脚是一个个香炉,遍插香支,而香火都正对对家的大门口,仿佛对家就是祭坛,彼此供奉。平日当然香火不断,初一十五过年过节就加添元宝衣纸,弄得整条走廊烟雾迷离,最易发生火灾。铁闸拉开了,单位内没有间隔,浴室没有浴缸,文嫂摇摇头。

陈二文从来没有见过白发阿娥,白发阿娥倒认得陈二文,不过不知道名字罢了。如今一个是要出售房子的户主，一个是前来找房子的客人。房子没有看成，陈二文只记得一个小小的三百多呎的单位，前厅后寝，其实只是用书架分隔；叫陈二文惊异的是，这家人有那么多的书本，有些还是洋文，家具好像就只有书本。幸好他不赌马，不然输输输，真是大吉利是。然后他发现，厨房狭窄，两个人一起煮食就不能背对背了。而且，他留意到厕间墙壁上端裂了一条缝，应是楼上僭建造成的伤口。难怪他们想搬走。

二、两种土楼

土瓜湾是怎样的一个区？陈二文看电视节目，有人在港岛找房子，看了几处，顾客说太贵了；包租公一脸不屑地说，要便宜的房子么？过海去土瓜湾找吧。陈二文觉得这是歧视。不过，也别把土瓜湾看扁，经济起飞的那十年八年，连土瓜湾区区一个唐楼单位，也要上港币一百万。即使唐楼没有电梯，屋内没有间隔，浴室没有浴缸，只设坐厕。若干年前，有钱的人家，就说成是百万富翁。要找一个安身立命的地方，从来就不便宜。

土瓜湾最近成为报纸上的头条新闻，恰恰和楼房有关，因为发生了塌檐篷的惨剧，而且一连两宗，都在土瓜湾道上，相隔才一条马路。檐篷都是僭建物。只要站在土瓜湾道上，抬头就可见到无数巨大的招牌，挂在楼宇外墙，伸过半条马路，而楼墙窗外，是密密麻麻的花笼、封密的露台、悬空的板房，这些都是看得见的；至于看不见的，隐蔽在大厦中间的天井内的、平台和天台上的，还不知有多少。其实，肥土镇名流的豪宅，不少也有僭建。

这条街道上的房子的确太旧了，都是长者，而且都是连体共生，共有两种类型。其一是长廊型，几乎占了一百米的街道，是在一幅土地上建起几幢形格相同且相连的大厦，十二层高，一梯十伙，大厦中间是一道走廊，十个单位分布在两边。各单位有一列大窗，朝马路或内街，面积三百多平方呎，只有一室一厨一厕。这样的单位陈二文进去过，它曾经是白发阿娥的寓所。她在那里常常梦见水蛇，也许，寓所下面曾是炮制蛇羹的店铺。

长廊型的大厦在小区内一占占了整整一框井字的面积，它的前后外部空间变成马路和后街，它的左右外部空间形成横街。面街的都是商铺，楼梯开在店面间。电梯只升到十二楼，十三楼得拾级步行。搬运家具就得另议价格了。既是相连的大厦，二楼的面积打通了特别宽阔，适宜经营酒楼和小商场，如今存活的是酒楼、家具店和安老院。对了，土瓜湾是老区，青年人有了稳定的收入就会搬走，住进别区的新楼去，留下老人，所以安老院越开越多。在马头围道紧接红磡的地方，有一家的名字叫"老舍"。咦，花阿眉想，老板可能是《骆驼祥子》的读者啊？花阿眉一位退了休的教师朋友，告诉她一个老师和老舍的故事：一位已移民外国的女学生，回来探访老师，通电话时老师说寒舍就在某某安老院对面，"对面"

两字在老师的咳嗽声中，不清不楚，学生就走到某某安老院，看到安老院的环境，不禁悲从中来，怎么老师沦落到此。花阿眉于是决定，再老一些，也不要入住安老院。

另一类楼房是回字形，单位分布在四方形回廊的四周，各单位并非背对背，而是大门都朝向大厦中间同一中心的天井。建筑物的形式恍似北方的四合院，只不过，四合院是平房，贴近地面，它的仿制品都是高楼大厦。从外墙看，只见八扇又八扇密集的窗格，不漏缝隙，只有进入内部，才知道有露天的走马回廊，和一个空阔的庭院。不，不是庭院，因为最底的部分没有空地，而是屋顶，没有树木，也没有天台。陈二文所以如数家珍，因为曾随兄嫂参观时还做了笔记，绘了图。回廊也并不宽敞，但非常热闹，有人坐在藤椅上睡觉，有人出来晒衣服，也有妇女在门口聊天，小孩子奔走追逐。真是奇异的建筑。这种建筑，恐怕很快就要消失了。

花阿眉对回字形建筑，可另有想法，那其实更像福建的土楼，建筑师的意念，可能就来自那种围绕式、大多圆形、部分四方的建筑，土楼居民往往四代同堂，从内地迁来，当初是为了防盗，一族人守望相助。在肥土镇，花阿眉曾经居住的美丽大厦，居民来自五湖四海，南腔北调，那时还没有什么业主立案法团，仍然可以自发组织，轮流守护。欠油欠盐大概向邻居开口就有；一旦火警，长廊式的大厦是密封的箱子，回廊式倒方便逃生。

可是陈大文觉得住在这样的小区，有点像住在玻璃缸里，没有什么隐私可以保留,夫妻一场小架,左邻右里,楼上楼下,不消一个时辰都会给你绘形绘声,加盐加醋。出入回廊,得遭受许多奇怪的眼光,更会有一两个好心的长者,对你半是劝告半是警告:家和万事兴。镇日又得和迎面的人打招呼,想点话题寒暄,否则邻居就当你傲慢。真是够累的。再说,这种大厦,楼下并没有看更,任何人都可以自由进出,治安肯定不佳。失窃事少,妇女出入受流氓调戏事大。这次,陈大文也摇摇他的头。

三、住了许多年,其实还不想离开

最后,陈大文夫妇搬到土瓜湾最北的地方,楼高十一层,打开窗子,就见到宋王台公园的一排树冠,再远一点,就是旧启德机场。这房子的价格符合陈大文的预算,分期付款,虽然只有一厅一房,但有浴缸,楼下有看更,交通也便利。当然,没有一个地方是十全十美的,这里过去每天有航机升降的噪声,到了晚上,大厦旁边的工厂天顶,亮起巨大的霓虹光管招牌,招来了大群蝙蝠。文嫂说,比贵州街好。新居一厅一房,不知是否早有预谋,陈家不得不一分为二,大文夫妻、二文母子,各有各的二人世界。文妈也没有意见,她觉得跟小儿子一起总比跟媳妇好,而且,她不想搬离土瓜湾老地方,她会不习惯。

当白发阿娥见到陈二文,虽然不知道他姓甚名谁,可马上认得这是个常常和店铺伙计争辩的青年。几乎每一次，白发阿娥见到陈二文，都是在落山道上，那里有一列售卖鲜鱼鲜肉、烧腊的店铺。遇见这个年轻人，有时是上午，有时是傍晚，都是上市场买菜做饭的时间。第一次，白发阿娥经过一家鲜鱼店，听到有人争论，是一个青年和鱼老板。店铺前面摆了一大堆搁在冰块上的鱼，有些一整条，有些分切了。老板站在摊子旁的砧板前，裸着上身，挂着围裙，手操菜刀。青年是来买鱼的，要买的是一截鱼尾。按照惯例，老板称好了鱼，就搭了一截仓鱼头包在一起。

"我不要鱼头。"青年说。

"有头有尾啦。"鱼老板说。

"我买鱼尾，不要鱼头。"

"鱼头是送的，没算你钱。"

"谁信你送，不够秤，才搭鱼头。"

青年把鱼头掏出胶袋，朝路边的沟渠一扔，鱼头恰恰飞过白发阿娥的裤脚，滚下沟渠。第二次，却是在烧腊店门面，仍是这个青年，他要买二十元烧肉，伙计拿刀一切，往秤上一瞄，说：

"二十二元。"

"我说二十元就是二十元，不要二十二元。"

"二十二元，多搭两块烧猪骨。"

"不要，买烧肉是烧肉，不是猪骨，这是原则问题。"

"又是这个年轻人呀。"白发阿娥对身边的女儿说。

"这些店总是硬要搭些鱼头猪骨,真是坏习惯。"女儿说。

"你买二十五元,他们就要你二十八元。"

"我们可总是哑忍。"

"原来有人是会争论的。"

"但有什么用呢,他们只当你是傻子。"

"这样子的服务态度,迟早要吃亏的。"

"你自己带秤来吧,不卖给你了。"伙计把烧肉重新挂起,说,"你不如到超级市场去。"

"我会带秤来。超级市场?不过跟你们狼狈为奸。"青年说完,穿过围观的人群,气愤地走了。看热闹的人有的附和白发阿娥,更多的嫌青年多事。

第三次,白发阿娥果然就看见这青年带着秤在超级市场出现,可不知道他能否买到要买的东西。

如果你问我,白发阿娥沉吟,年轻人,以前,这里并没有超级市场。我家楼下左近,就有杂货店。买米一斤一斤地买,用纸包好,绳子绑好。如果买多了,店铺派人送货。除了可以买米,杂货店还卖各种油盐酱醋、罐头、豆类等干货。当年买油是自己带玻璃瓶去打,一斤半斤,带回家。那时候还不知道什么叫环保,可大家带藤篮上市场,可没有人用胶袋,买菜买鱼都用咸水草捆绑,连鸡蛋也是用草绳扎好,用旧报纸包。每家人和杂货店都熟,可以赊数,到月尾才一起结算。有时候跑进店里,不是要买东西,而是摸摸大小花猫的头,问它乖不乖。它伸伸懒腰。哪一家杂货店没有一两只在门口打瞌睡的花猫?超市有么?

　　自从有了连锁式的超市,像庞大的哥斯拉,把杂货店逐一吞噬了。你一进门,计算器旁边的姑娘,虽然头也没抬起,就说:你好。她给回零钱的时候,手伸到半空,也不看你。只有街市附近还有一两家杂货店,也不知是如何支撑下去的。有一家是南货店,出售什么兰花豆腐干、竹笋、毛豆子、绿豆、眉豆、酒酿八宝饭。可以买半斤,或者买四五元。怪兽哥斯拉来了,把铺租从根拔高,还撑在那里,只可能是祖业。年轻人,你当然不会问我,你只顾瞪着厕间的裂痕,以为楼会塌下来了?我们好歹将就,不是住了许多年?我们其实还不想离开。

四、居住的理由

　　下课时恰巧碰上一位乘搭飞机专程来港
　　到书院来听牟宗三先生讲课的作家
　　一同步出校园后在土瓜湾天光道上
　　替他截取的士赶时间赴机场回台北
　　他匆匆对土瓜湾横扫一眼说道:
　　你怎么能够住在这样的地方
　　而且住了这么久?我的确

在土瓜湾一住住了将近四十年
书院对面的中学是我的母校
书院旁边的小学是我教书的地方
以前这里是种瓜种菜的农田
远些是港湾；同样的问题

大概不会问这里的印裔，以及越来越多的
新移民，我也曾是新移民
我们恰恰经过一条横街叫靠背垄道
抬起头来我可以看见附近一幢没有电梯的旧楼
四楼上有一个窗口打开了一条缝隙
那是牟老师狭窄幽暗的小书房
他老人家长年伏案眯起眼睛书写
长年思索安顿生命的问题
无论住在哪里总是漂泊
但牟老师毕竟在土瓜湾住了许多许多年
土瓜湾就有了值得居住的理由

五、请不要居高临下地俯视

陈二文来到土瓜湾居住的时候，觉得一切已经完成了。完成，陈二文指的是一条并不长的街道,叫土瓜湾道。它仿佛横空出世,从哪里来,到哪里去?去的地方很清楚,它一直延伸到启德机场,然后飞走了。那么它的来路呢?原来是从另一条马头围道长出来的。马头围道的诞生地是红磡芜湖街,这条街浩浩荡荡一直走,一直走,走到启明街竟不见了。忽然,向前一踏步,已经进入了土瓜湾道。两条街道平行紧靠,街道名称并置,一左一右。世上恐怕不多吧,陈二文是这样以为。曾有新移民拿着地址问他,土瓜湾道一号在哪里?陈二文也学花阿眉的朋友,但不是答:在土瓜湾道二号旁边,而是马头围道一百二十七号旁边。她以为开玩笑,二文就带她去看。启明街转角的一家半边铺位就是土瓜湾道一号,旁边就是马头围道一百二十七号。多年来,店铺倒换过许多手,如今是卖蔬菜的摊档。

土瓜湾道一号的对面,是一个小小的三角形休憩公园,在四条交通要道的中心,车来车往,它兀自悠然安静,还打理得秩序井然,树木葱绿,许多印巴家庭的一众大小常在草地上野餐。如今,寸草不见,因为地铁工程,小公园已成施工堆货场,用木板团团围住,围板上画了宣传画,围板直顶伸出十二棵高大的椰树。三角花园成倒三角形,底边已成横向的浙江街。如果在浙江街朝海的方向走,陈二文看看表,十分钟吧,就到了海心公园。这公园大得多了,旁边有球场,里面有露天舞台,有亭,树木茂盛,小山丘上的大石,它自己也一定觉得奇怪,本来是在海心的。

土瓜湾道和马头围道，好像吵过架，一气之下各走各路，可又尴尬地不能不相往来，只好由另一条浙江街疏通。浙江街是两条街的走廊，角色很吃重，而且，它接下漆咸道北的棒，大车小车，也朝旧启德机场昂然前进。沿途经过苹果屋啦，新亚中学啦，自高自大的豪宅啦，等等。

土瓜湾道的门牌号码也是排列成单数和双数，启明街这边都是单数，由一开始到最后的变电站，一共四百六十五号。而马路对街则为双数，由六十号领头，因为一至六十号分给了三角小公园。可是到了街尾宋王台道，只是一百六十号，街号并不平衡，而且相差那么远？陈二文唯有切实去数数，原来落山道和上乡道之间的一段路，是定安大厦的建筑群，整幢楼群都用同一号码，然后以A、B、C、D分别，一直数到L、M、N、O、P，真是旧区的怪现象。

陈二文回到浙江街上。它旁边是一座工业大厦，也算相貌堂堂，楼下的赛马会投注站往往挤满了人，许多人没有忘记，有一年大厦的平台忽然倒塌，伤亡惨重。可有什么办法呢，还不是同样的马照跑。

在土瓜湾道，另一类型的楼房也很特别，从街外看，也是家家户户的窗子连接在一起，但不是"回"字形，而是"非"字形，住户门口对门口，长廊在楼宇中间，两边是住户，窗子向街。跟马头围道一样，是巴士等大车两线来去的大道，左右两边是横街。说是横街，令人想到窄巷。不是这样的，土瓜湾道的横街，都不窄，可以通车。

卷一

第一条横街是启明街，这是土瓜湾道的起点，看来还算宽阔，冷冷清清，有点落难荒芜的样子，可谁见过它昔日的繁华？白发阿娥是见过的。在苹果屋的室内街市没有建成之前，本地的菜市场就在启明街。当年，真是车水马龙哪，人禽争路。那是一地鲜鸡鲜鸭的日子。街道的另一半，也绝不逊色，因为街尾接连荣光街，曾是著名的梅真尼制衣厂，当年可说是无人不识，盛时员工二千多人，老板 Murjani（梅真尼）是印度人。喜欢喝茶的人都知道名牌 TWG Tea，即是梅真尼的家族生意，从制衣变制茶，从香港迁到新加坡。启明街经历过热闹的岁月。附近又山寨工厂林立，带旺了附近的饮食业，大众化的粥粉面饭齐全。其中最受欢迎的，是荣兴茶餐室，老板冲得一手地道的丝袜奶茶。内地开放后，制衣厂北移，街市搬入落山道，启明街从此黯淡，据说悄悄地成为了一条劏房街。

　　第二条横街是鸿福街。街内有一间"土家"，是区内团体聚脚之处，都是关心小区、有朝气的年轻人。因此，有人自称"土友"。翻查资料，原来有一位人称作家的西西就一直住在土瓜湾的，她说：

> 我是"土人"，或者"土著"，不是"著名"的"著"，而是"著地"的"著"，张岱在《夜航船》里解说过。[1] 土瓜湾的

---

1 繁体原文中，"著名"的"著"与"着地"的"着"字形均为"著"，此处沿用原文字形，便于理解。

"湾"，粤人不照书本上说的，并不念作"海湾"的"湾"，而是"环绕"的"环"，把阴平湾当阳平环。湾仔、牛池湾才读"海湾"的"湾"。

有人追问她，那么小的一个地方，在世界地图上根本看不到，其实连肥土镇也不会存在，何不把眼光放远，视野放大？譬如，你何不寻找那个漂泊的罗布泊湖，那个消失了的巴姆古城，都是有趣、神奇的地方，而且各方注目，这样你就进入了世界性的话题，你就受到世界性的注目。这位作家想也不用想，回答：有趣、神奇的地方我去过一些，的确打开了我的眼界，旅游时，一定是我最愉快的日子；但我最关心的还是我生活的地方，哪怕是很小很小的地方，对我有意义就是。对你的生活，她说，你要有诚意，你不会介意外人对它没有兴趣。外人不知道，陈二文插嘴，是他们无知。不，我们不可能什么都知；你甚至可以咒骂它，但请不要居高临下地俯视。

六、北角来的船，别上错

陈二文边说边继续行程，还是别打岔。

第三条横街是银汉街，名字记不牢，没问题，但总会认得这里的恒生银行分行，银行内坐满夏天叹冷气打瞌睡，偶然抬头看看股市上落的伯伯婶婶。银行旁边是麦记，一个汉堡包，可以从早上坐到夜晚；又或者埋头马报，有了研究心得就跑过马路，到对面的马会申报。这一连三小街，都是短短的、封闭的，车子开进去，只能兜个小圈，出口仍在土瓜湾道。

第四条横街是落山道，这横街才真正头尾畅通，四座结构特别的大厦出现了，占了整整半条路，一至十五楼，由网布包裹起来，像什么呢，花阿眉会说，克里斯托的雕塑。

从第四条横街到第五条，是商业区，各种店铺如花盛开，而且随着年代的步伐而变化，钟表铺变了手机店，国货店变了时装铺，皮鞋店改为运动鞋店，木家俬店改为家居用品、办公室钢计算机台。理发店不单理发，还美容。杂货店成为超市。婴儿用品变成宠物乐园。然后是寿司店、许许多多的食肆。但定安大厦的确定安不变，整段街的楼层也被面膜覆盖，再揭开，可能又变了，变得年轻起来。它是本区的第三种楼房形式，从窗子可以辨别，面街的窗子不是连绵不断，墙壁之间有了空隙，房间三面有窗。

第五条横街是贵州街。到了这里，土瓜湾道已过了一半，热闹繁华仿佛已开到荼蘼。再向前走，一边是伟恒昌的建筑群，前身是伟伦纱厂，后来和恒生银行合资，建了三排十幢十五层高的西式楼房，每层各有六或八个单位。有电梯，浴室有浴缸。令人惊讶的是一厅两房的设计特别，两房是打通的。若要分隔，不用砌墙，做个大衣柜不就行了吗，两室共享，门扇独立。地皮本是伟伦纱厂物业，纱厂的"伟伦"，英文是Wyler。后来与恒生银行、大昌建筑合资，建成伟景阁、恒景阁、昌景阁，合称伟恒昌新村。

这三家村共占三条街，即美景街、美光街、伟景街。伟景阁是填海而成的浮城。各大厦底层，除了小商店、凉茶店，还有茶楼，两家超市隔街对峙，还有一间邮局，开在恒景阁楼下一条畅通两街的隧道之中。这一带，本来清洁宁静，交通和购物，也算方便，街道种植树木，当年，一个单位只售十六万。由于邻近启德机场，吸引许多空姐租用。

但时代渐变，土人常常喝茶的酒楼，不再接待本地茶客，变了旅行团的饭堂。忽然之间，新村之内出现了三间巧克力店，附近至少还有三四间药铺、钟表店，标明政府注册、免税、正货。看来都是集团的连锁经营。陈二文进店追查，还没开口，两个高大健壮的店员，黑脸表示不欢迎。而原有的，小本的，为土人服务的，因为业主加租，不见了。每天充满人潮，逛店的逛店，抽烟的抽烟，小童走出店外随地小便。小童其实也不小。大人大声唤喊，留下一地垃圾。海边的小店，生意差，整个底层变了护老院。墙边蹲着男女青蛙似的游客。

第六条横街名新码头街。的确，在这里一站，就可以感受到码头劲吹的海风，可以看见游向北角的渡海轮。船只往北角，北角来的，却分别往九龙城和黄埔花园，别上错。渡轮班次疏落，每小时两班，地铁、隧巴把人从海面带到地底去了。码头的名字令人误会，以为这就是九龙城,其实不对。以前,这里可热闹哩,渡轮不单载人,也载车,轮候过海的汽车排着长长的队伍,司机都下车来看海、聊天、读报。那时还有好几份晚报。如今,再没有汽车渡轮了,也再没有晚报,码头变得荒凉。巴士总站呢,人流也不多,倒像是巴士跑累了,停下来喘息的地方。不载车以后,码头老去,水手老去。

街道平行并置,连码头也平排相邻,九龙城码头的新渡轮旁边,另有一个是开放式的,不过是一些立柱,撑着顶盖,海边有些栏杆,中间有石,成为登船的阶梯。这码头有点像中环的皇后码头,名叫"马头角公众码头",普通渔船、游艇登岸之地。常常见小轮渤渤地排浪而来,船上有人上岸了,船上的黄狗摇着尾巴兴奋地跑来跑去。狗也想上岸吧,因为岸上渐渐出现不同籍贯的狗友。尤其是傍晚,主人带着大小狗出来散步,人和人坐在长椅上聊天,狗和狗在互相追逐嬉耍。对于狗只,陈二文有一个观察,狗可能也经过改造,变得越来越小了,许多都没有尾巴,有的坐婴儿车来,炎夏时四只脚还穿上鞋子。

码头前面,整个空地是九龙城巴士总站,巴士其实也并不多。二〇〇七年,五幢新的大厦落成,楼高六十二层,屏风一样横亘在伟恒昌前面。高楼下面是翔龙湾广场,广场外的空间很宽阔,一列高大的树木。陈二文在树下坐了一会,抬头数到三十层就累极了。这时大群人从旅游车上下来,有的戴上同一色的红帽,挂上同样的襟章,横过车道,来到马头角公众码头,排好队,只见两三张挥动的旗帜，听到叱喝声。船来了，维港夜游去了。

七、作家说这地方，不见得比自己说得更有趣

土瓜湾也有一条海滨长廊，比起尖沙咀的那段短狭得多，却更适宜居民散步憩息。有一天，陈二文发觉有一个长者沿着长廊漫步，后面居然有三数人随着拍摄，他问其中一个，她可是什么明星么？不，那男子答：她是我城一位作家，正在拍纪录片。

长廊由码头开始，一直通到海心公园的鱼尾石，沿途有花草树木，一边是连接不断的公园椅。路段不长，却也经过三座公园，中间几个出口，可以出外一阵，看看门外的验车中心、荒废的官地，看公园里的人练太极拳、打篮球、唱歌、跳舞。然后再回到长廊里，坐一阵，看海，看人垂钓，看日出日落。自从煤气鼓不再用煤发电、青洲英坭厂搬走，土瓜湾的空气无疑清新了许多，难怪不少艺术家搬进海边的工业大厦。如果三个公园之一变成狗公园，就是狗主的天堂了。

伟恒昌街段的对面，隔着马路，是兴华、美华工业大厦，近年，楼上有不少分割成出租的迷你仓。楼下的商铺，有些神秘得很，生意竟是关起门来做的，顾客都是内地游客，珠宝啦，钟表啦，可能还有时兴的什么，谁知道呢。陈二文也不知道，因为他不是团友。然后是家具店、车行。土瓜湾一带最多，成为本区特色

的，正是车行，汽车维修、买卖，单是牛棚对面的十三街，已差不多二百间。新码头街的一间，更引来不少观众，待修的车在街上排队，像公立医院的病人，哗，原来是法拉利、林宝坚尼，鲜红、艳绿、像玩具。到专用酒楼的游客走过，往往不理摇旗催赶，驻足拍照、品评。那么一个旧区，竟有那么多名贵的潮车，真是，白发阿娥有一句土语："禾秆盖珍珠。"

新码头街应该是进入码头的入口吧。可是这条街会转弯，只可绕伟恒昌所占的三条小街走一个圈，朝红磡的方向走，否则就回到土瓜湾道。它像护城河，不过环抱的是红棉工业大厦。所以在土瓜湾道上，第七条横街、第八条横街，都是新码头街。真要进入码头和巴士总站，得从第九条横街新山道进入。码头前面新建的翔龙湾很快就不新了，就横亘在这里。翔龙湾背后的明伦街也是一条转弯街，兜兜转转，投奔马头角道去了，它四周仍是车行，会否转得昏头？幸好都累了，停机息匙，等待修理。白宫冰室变为黑宫，古古怪怪的模样，陈二文探头内望，原来是文身的地方。

翔龙湾的前身是人人害怕的煤气鼓。中华煤气公司位于土瓜湾道的一百号，从新山道到木厂街一段路，被土瓜湾道切断，分为南、北两厂。早年南厂变成中产翔龙湾，而北座最近也拆了一半，尚存一座管道和筒箱，恍如星球大战的堡垒，既科幻又魔幻。难怪对街的茶餐厅出现了喝冰镇奶茶的铁甲人。

我城有这么一位作家？陈二文到图书馆去搜查，找到一本叫

《我城》，看了第一句已经猛摇他的头，再翻其他，看到这个什么的作家这样写土瓜湾：

> 土瓜湾位于九龙城区南部，故称南土瓜湾，简称南瓜。不知子时过后，甜美的南瓜又会怎样变身？社会在变，何况小小的一个老地方？将来，马头角道上的牛棚艺术村和十三街又会怎样呢？我们还会认得吗？过了新山道、明伦街，然后是马头角道，这时候木厂街就在眼前了。这段路，自从飞机不再飞来，只留下一片荒凉。生意太少，店铺大多关了门。然后是盲人辅导会的工厂。这是香港独一无二的盲人工厂，占地甚广，我曾向楼下的看守查问，工厂做的是什么呢，竟答他也不清楚。
>
> 我后来翻查，工厂成立于一九六三年，一边为视障及伤残工友提供庇护式的训练场所，一边也接各种工作，搬运用的大小纸箱、设计及制作各类礼盒；各种工业车衣、学生制服、机恤、风衣、帽子；各种环保袋，尼龙、帆布；等等。机场未迁走前，朋友告诉我，当年工厂对外开放，楼顶是观看飞机降落最好的位置。工厂对面是柏林炉具厂。再前面，见不到什么行人了，只见铁丝网，那是旧机场的空地。土瓜湾道至此静悄悄地让路给宋王台道。
>
> 街道来到这里，像宋代末朝的小皇帝，看来前无去路了，也未必，拐一个弯，柳暗花明，又另有一番景致。土瓜湾道单

数楼宇最末的数字是四百六十三号，属于土瓜湾北变电站。接着是机场。高高的一列铁丝网拆尽，换上一米高的水马，两个一叠，成为简陋的围障，贴上黏纸，标明政府的部门，过路者于是知道土木工程拓展署正在空地工作。

我一直在九龙城区居住，第一家在红磡，位于芜湖街背后的小街，当年坐落在黄埔船坞围墙外。四层高的唐楼，没有电梯，屋内除了厨厕，没有间隔，却有骑楼。房子不错，窗外是无敌海景，船坞墙外是一列大排档，叫外卖只需垂下吊篮。一梯两伙，没有铁闸，治安很好，家家开门共听广播剧，户户分穿工厂发派的胶花。我很幸运，父母让我入学读书，不入工厂。我每天在家维邨站乘巴士上学，几个站的车程，在教会道下车。眼前一片农田，其中有小木屋，农圃道斜坡旁有一巨大石渠，我在石渠上走，不久就到学校了。这是上世纪五十年代，我唯一认识的路途。想来不免奇幻。从家维邨如何直达协恩？因为马头围道在启明道已分裂成两半，不再贯通了。如今细说，地方固然不断转化，变旧、翻新，何况是人呢，我再不可能是昔日那个穿着校服的女孩了。

陈二文憋了最大的耐性，终于再看不下去，要是再看下去，他会知道土瓜湾还住了哲学家、诗人。不过他也有所得，兄嫂总嫌他唠叨沉闷，他觉得作家说这地方，并不见得比自己说得更有趣，真好，这作家给了他自信的正能量。

八、真的认识自己生活的地方吗？

我真的认识自己生活的地方吗？花阿眉想，这个夏天，决定不出远门了，就在土瓜湾自由行。旅行，为什么一定要到遥远的地方去？乘搭十多小时的飞机，花费又昂贵。即使是三数小时机程的邻近国家，也要近万元的消费，平日得省吃节用才行。难道肥土镇就没有值得去看的地方？我们总是不屑看身边的景物。花阿眉觉得，为什么不可以在本土旅游，就那么四五天，或者一个星期吧，在城里的大街小巷闲逛；带一张地图，也背着背囊，挂着照相机，其实跟到外地远游并没有太大的分别。她旅行法国时，遇上摄影家阿杰的展览，很受感动，于是自己也爱上拍摄。看到有意思的物事，就拍摄下来。到外地去，也不一定要看名胜风景，她宁愿看当地的人的生活。名胜风景，未能免俗，也要瞄瞄，不过到此一游罢了，买一两张明信片不就行吗？所以，她已经在土瓜湾和海边一带逛了一天。今天，她的目的地是九龙城道。

从地区的地图上看，土瓜湾位于九龙半岛的东南。一边是海，一边是山，山的另一面是何文田。它的模样像一棵枝叶茂盛的大树，树根根植于红磡，树冠散布于九龙城。它的主干是马头围道，第二主干才是土瓜湾道。如今都六线行车。

土瓜湾共有两条大马路，靠海的一边是土瓜湾道，靠山的一边是马头围道，在这两条大马路之间，另一条同样平行走向的是九龙城道，因为并不行走公共交通工具，路面较窄，也较短，以大马路交叉点的休憩公园北端为起点。这个公园仿佛土瓜湾地景的三角洲，由左右两条河流积淀而成。两条马路又像一棵巨大的果树，本是同根生，逐渐茁壮，然后分出两大枝干，分叉之处正好成为休憩公园。

公园是倒三角形的，前宽后窄，最近经过修葺，出落得很标致，四周围着铁栏和篱木，高大的树木也不少，它是绿洲，是居民喜爱的市肺。而且四通八达，车来车往。翻新的公园内建了一座白色的矮房子，售卖小食，也作为公厕。公园有几个出入口，几条曲折的小径，几幅平坦宽敞的草地，可不要践踏呵。如果稍加留意，就会发觉土瓜湾多的不是菲佣，而是印度籍或巴基斯坦籍的居民。花阿眉在外国旅行，总被人当是日本人，不然，就是韩国人。她也不能分辨印度人、巴基斯坦人。几年前，她在居住的大厦乘搭电梯，碰到一个会讲地道广府话的印度人，不，他说自己其实是阿富汗人，不过在这里长大。阿富汗，几年后她才像所有人那样，忽然知道这么一个地方。

我们总是忽然才领悟世上还有那么不同的人。印度人、巴基斯坦人在这里定居，就经常到公园来。花阿眉在公园里看见一群穿着花纱裤、长罩衫的妇女，围着绕到肩膊上飘逸的纱巾，坐在草坪上，小孩子在身边像穿梭的蝴蝶。他们倒是穿裙子，再加短裤和衬衫，头发卷曲；小男孩头上还结上髻团，像小面包。小孩子都有黑亮的眼睛，眼睫毛长长的。她怀疑自己有点印度的血统，她的皮肤黝黑，大眼睛，小时居住上海，一次出外游玩，忘了回家的路，大哭，一位好心的大叔把她带到印度使馆去。

九龙城道就由小公园的北端开始，南端小公园则是土瓜湾道的起点。九龙城道是一条充满奇趣的街道，尤其是前半身，热闹、活泼，并非土瓜湾任何街道所能比拟。因为这里曾是街市，黄金时代延续了近百年，直到最近，附近建了一座政府大楼，上层是康乐部门，中层是图书馆，低层还有诊所，最底下的两层是户内街市，把街上菜摊子、鲜肉档、鸡鸭栏都赶进大厦内，干货小铺则塞进大厦的地库。虽然有空调，但走道狭窄，互相隔阂，怎及得大街上海阔天空。市民就爱挤在一块儿，大呼小叫，讨价还价，拖儿带狗，召朋唤友，闲聊的闲聊，吵架的吵架，动武的动武。一天总有早市和晚市，各种小摊子一路漫延摆放，足足有四分之一哩长。如今风光不再。不过，还有些小店铺、鲜鱼肉台留下来，罩灯映得鲜肉一片艳红，方便匆忙的顾客。这个闹市仍有它自己的个性，不时仍有些小贩摆放摊子，小贩管理队也按时出动捕猎，或者干脆株守在路中心的安全岛上。他们当然知道，把小贩赶绝，他们无事可为，就会削减人手。

还是那家中档的饭店风采不减，中午时分多了一批顾客，一辆旅游巴士在门前停下来，数十游客鱼贯下车进入饭店用膳，团员衣襟上都挂着团牌，一听口音，一看发型、衣着，就知是内地来的老乡，有的穿了皮鞋而非透明塑料凉鞋，一双玻璃丝袜，三个骨[1]长度，恰恰拉到膝盖底下二吋，露出宽紧带的袜头，和及膝裙差了那么一截。饭后，男子都蹲在店前抽烟，戴墨镜。

花阿眉知道，这些游客会越来越多，因为已有两家酒楼，她偶然会去，如今只接待他们。附近开了三四家巧克力店，号称免税、正货的药店。这些游客，肯定带来不少利益，只要不是都被收进两三个老板的钱箱，只要没把富于地方特色的小店挤走。

九、走鬼

另一天，花阿眉从土瓜湾道1A起步，沿着这条街北行，健步者只需十多分钟，就抵达贵州街，可沿途浏览商橱街贩。小贩的货摊一般有张饭桌大小，铺了底布，堆满货物，有十元四条的小毛巾，十元八元的大毛巾，二十元的沙滩巾。有各种头脸小小的锁钥、指甲刀、纽扣、针线，有印花的T恤，随风尚改变图案，世界杯时则通街是碧咸、朗拿度。但更吸引人的却是那些流动小贩的走鬼。走鬼？这是小贩在街头无牌摆卖，执法人员到来抓捕时，把风

---

[1] "骨"是英文quarter（四分之一）的粤语音译。"三个骨"即四分之三长度的意思。三骨袜指小腿袜。

的人呼唤逃走的暗语。几十年前白发阿娥从内地初来就学会这个特殊词汇，当有人喊走鬼，她本来是顾客，最初见万马奔腾，却也跟着跑，陷自己于险境；后来，她已懂得在一旁站定，不要阻挡，也不要被丧命飞驰的货摊车撞倒。潮汐一天才起落两回，走鬼呢，一天起码三四次，晨昏各一，有时中午也会上演。有点像含羞草，一碰就畏缩收藏起来；无风无浪，又缓缓伸展枝叶。

小贩经常变换，可摊档却长年不变。还有卖茶果、糕点、塑料玩具、冒牌手袋、国货公司土制塑鞋、布鞋，那种黑布搭扣的布鞋才二十多元一双，却是某一年巴黎前卫女子的时尚。在一列车摊子中间，夹杂着简陋的地摊，有卖老花眼镜的，可没有什么验眼的设备，将就将就，戴上不头晕，看得较清楚可就行了。也有卖夜冷杂物的，照相架、小摆设、小玩具、圣诞饰物等等。地摊最方便走鬼，小贩巡逻队来了，小贩抽起铺布的四角，一提就跑。反而是木车，笨重，磨磨蹭蹭，终于转入横巷，或者闪进小店去。也许小店生意差，不过把货品摆到门外；也许，小店和小贩有了默契，收下把风、收藏费。

摊贩的货物反映需求，这是土人的灵通。有些店是没有什么好看的，像银行、酒楼、照相馆，甚至鞋店、服装店、饼店，都难有惊喜。茶楼在早市时把点心堆在门口售卖，午市则堆饭盒，方便你不必进去。服装店几乎都贴满了"大出血""劲减""业主收楼""最后三天"的告示；别担心，这样的告示差不多张贴了三年。

家具店偶然换换新款的桌椅，可都是木屑板的粗制。电油站老说自己的油最好最没有污染。报摊贩什么时候开始减价五毛，还奉上胶袋、纸巾。还是新开的宠物店可以瞄瞄，橱窗里肥胖的波斯猫，总是懒洋洋地打盹。一家透明的发型店，店里的小狗午间就自己溜出外，在店前的树下小便，事毕又跑回来，用小爪拍门。

最一无可看的是赛马投注站，这当然是花阿眉的浅见。每逢周三及周六，有时是周日，店内店外挤满了人，不是埋头看马报，就是抬头看彩池。有些，什么都不看，眼神迷惘、呆滞。陈二文认定自己每次都赢，因为他不赌，他连有时奖金累积过亿引致全城发疯的六合彩也不买。但他研究过马评，那是专门的术语，往往是四字真言，例如出赛的有十二匹马吧，一匹评语是路程正宗，一匹是负磅有利，一匹是蓄锐而来，一匹是坐位望赢，一匹是骑功有助，一匹是档佳可争，一匹是留前斗后，一匹是志切交代，一匹是老马有火，一匹是有力出冷，一匹是大熟当起，一匹是勇态不减。陈二文认为在这个糟透的社会，只有评马人才是公平的，给予所有马匹平等的机会，如果你不赌钱，岂不有趣？

到了贵州街，土瓜湾道已所余无几了，余下的只是工厂大厦。再走过贵州街休憩处，在一幢破旧、恐怕已不再运作的工厂大厦后面，就是巴士总站，面对九龙城码头。那工厂大厦叫红棉，另一边，花阿眉许多年后才发现，它的名字真好，叫幸福大厦。花阿眉拍了几张照片，好像也拍了一点沧桑。

十、街景

一名高大男子
肩上扛着一个
狼牙棒似的粗棍棒
上面插满了
一层冰糖葫芦
一层糖浆饼干
一层面粉糯米糕
每个甜食都用
玻璃纸包好
孩子不是最馋嘴吗
看来也没有兴趣,只有
三两个印籍巴籍少年
指指点点,笑着走开
人呢车呢飞快地闪过
后来,他独自走进
一帧黑白的照片里
傍晚降临
街道静寂
有人收拾店前的蔬菜

把烂叶扔进竹箩去
一摊水渍
银行的门前
工人在加装铁闸
有人冲洗
地面的文字
幕墙上的标语
十字路口
有人修理交通灯
有人把手伸进垃圾桶内
一个老妇在超市外向着纸皮洒水

十一、救书

咯碌咯碌咯碌，这是复印机吃角子的声音。图书馆里这部唯一的复印机生意不错，老是有人在排队。不过，今天倒没人轮候，只有一个人在不停地影印，好像要把整本书吃掉的样子。站在机器面前的是一名女子，陈二文认得她，她当然也认得陈二文，虽然都不知道对方的名字。土瓜湾有多大，又有多深？一出家门口碰见的都是见惯的脸，不同的是，虽然常常见到，却没有问安、今天天气等等。就是这样，在超市，在快餐店，在计算机班上，陈二文会碰到花阿眉；在业主召开的楼宇大维修会议上、旧衣回收站里、海滨长廊晨运时，花阿眉会碰到陈二文。碰见就碰见，大家让过一旁，然后各走各路。绝不会上演电视剧集的桥段：哎哟，不小心掉了手上的几本书，散了一地，马上从拐角闪出一个白马王子来，哦，怎么这么巧，可以让我帮手效劳吗？没有这种情节。

公立图书馆设置复印机是二十世纪的事，不能说不是德政。尖沙咀的文化中心，早年有一所艺术图书馆，收藏的是一般图书馆不上架的珍罕艺术书籍，唯一遗憾的是，只许堂看，不供出借。花阿眉总得抽空乘搭半个小时巴士前来，匆匆看几十页，然后依依不舍，和莫蒂里安尼、夏加尔，以及米罗等人告别，等下次有空再来。试过一次，想看的书竟然不见了，又不可外借，难道给吃掉了？另外一次更惨，想看《容与堂刻水浒传》，不是查阅文字，而是看精彩的绘画。见到了书，无限欢喜，哪知一翻，顿然呆住。全书一百多幅的插图全被撕掉，仿佛好汉全都离开了梁山泊。再后来，那艺术图书馆索性连自己也不知为何，消失了。

陈二文是常常到图书馆来的，每个月总有三至四次，不论风雨，每次借八本书，一本不多也一本不少，而且准时归还。土瓜湾这区不错，有一个图书馆，在建筑物顶楼画了个苹果的政府大楼，楼下是街市，卖瓜的卖瓜，卖花的卖花，也卖牛肉、猪肉和活鸡。吃错了、读坏了，可以上二楼，上面有诊所。高层有康文署，可以去订室内运动场打羽毛球、篮球、排球，也可以订户外的足球场。

很奇怪，肥土镇的地区图书馆常常会设在街市楼上，大概是为了照顾街坊两方面的食粮吧。离苹果屋不太远的另一图书馆也是在街市旁边，那里是红磡街市，真令人相信这是刻意安排的。以往陈二文在楼上图书馆看过书，就会到楼下的大排档喝一杯丝袜奶茶。不过红磡那边的图书馆比较受一般读者欢迎，因为大厦有洗手间，土瓜湾苹果屋整幢建筑物居然没有洗手间，倘需如厕，唯有挤到楼下的街厕，总是湿漉漉的，必须步步为营，本来是方便的地方，变得很不方便。

花阿眉也常常到苹果屋图书馆，她喜欢这图书馆，原因只有一个，许多年前她有一位爱看书的莫氏朋友，也住在土瓜湾，莫氏夫妻两口子住一个小单位，房间内只容纳一张床，一张小桌，两把椅子和一座钢琴。这两位花阿眉的朋友常常上图书馆，仿佛图书馆是他们家的客厅和书房，而且冬暖夏凉，有空调享受。那些日子，朋友赶上拉丁美洲文学的爆炸，图书馆的文学书大多数以英美居多，旁及少数法德作品。花阿眉这朋友于是向馆方提供一个书单，要求购置稀罕的新书。花阿眉对朋友说，别傻了吧，谁会替你购书呀，还是自己去订吧。嗳，可不要小看图书馆的馆长或职员，不久之后，馆内就出现了莫氏书单上英译的《百年孤独》《酒吧长谈》了，还在陈列新书的架上展览一番。一个小小的地区图书馆，居然有好几本拉美的新小说，岂是普通的品位。当时拉丁美洲的小说，是还没有被哥伦布发现的新大陆；可它们竟然出现在土瓜湾。你看，教人如何不爱苹果屋图书馆呢?

一九九七年后在维园对面落成的那一座偌大的图书馆,奇怪花阿眉一直敬而远之,为什么会这样呢?不喜欢它的样子?她自己也不能解释。不过她最近终于好歹找到个理由,是这样的,她在洋书店看到托马斯·品钦的新书 *Bleeding Edge*(中译本为《致命尖端》),四百多页的精装本,迫不及待买了,因为近年到洋书店买洋书的人少了,书店也就甚少售卖文学书。呵,洋书店根本就少了。谁知当天她路过在维园对面那一座偌大的图书馆,上去瞄瞄,新书专柜上,*Bleeding Edge* 赫然出现,花阿眉的心里立即在淌血,几乎晕倒,那书的精装本,一点也不便宜。心理是一种奇怪、无从触摸的东西,花阿眉终于找到对那图书馆既爱且恨、不敢走近的原因。

那么,另一个到图书馆去的陈二文,又会选择什么样的书?又有没有再向馆方提供书单呢?没有。不过他做的是另外一件事。每次,他到图书馆来,会带一个背囊,或者大布袋。他会在图书架的林木中取出各种不同的书:他认为好看的书,值得看的书,有趣味的书,与众不同的书,写得好的书,放在书架上令人肃然起敬的书,他细心地翻开第一页贴着借书、还书日期表的纸页看,啊,最近有人借过,那很好,不错不错,像探访老朋友那样,心有灵犀,不必说话,就把书安放回本来的地方。如果另一本打开了,呀,半年也没人借过,甚至一年、两年、三年,糟透了,这么好的书,要是常年，大概七年吧，要是没人借的话，是会给杀掉的，也即是，会被注销、被失踪、被人间蒸发，最后，被遗忘。所以，陈二文到图书馆来，不是来借书看，而是来救书，救书的方法，是把它们借出去，让它们换换外间新鲜的空气，过两三天再送回来。公立图书馆有那么多，陈二文不可能逐一到各处去救书，他只能选定自己的范围，收窄战场，能救多少就救多少吧。

在图书馆的一角，复印机还在咯碌咯碌咯碌吃角子，花阿眉在馆里看见陈二文又八还八借，把背包塞得沉甸甸的。这个人看这么多书，不知道看些什么书呢？又看得那么快？只见陈二文临走时向工作人员递了一张纸条，花阿眉想，写了些什么呢？难道又是书单？工作人员瞄瞄字条，马上从座位走出来，朝一排书架走去。原来字条写着：请注意，武侠小说那边，一个穿着花条纹衬衫、短裤，戴鸭舌帽的家伙，每次翻书总用手指沾了唾液。

十二、偌大的公园竟容不下任何猫？

总要等飓风过去四至五天，花阿眉才会再到公园去散步。专家们这样告诉我们的：飓风来袭，会导致树木受伤、泥土松脱、斜坡倾塌，飓风虽然停息，树木在泥土上站不稳，根部抓不住实土，容易倒下。所以，花阿眉不敢冒险。

公园有自己的名字，既不叫公园，也不叫运动场，而叫游乐场，大概因为其中一大片面积设计了不少游乐的滑梯、秋千、攀爬架，而另一边的空地又有供长者运动的转轮、绳架、踏板等设施，也就吸引了长者和儿童。这边是羽毛球的天地，那边就是小三轮车的赛车场了。

公园是花阿眉许多年来常常散步的地方。数十年来，公园一直没变，仍是老模样，两个相连的足球场和两个相连的篮球场，中间隔着一座斜三角形的观众台。看台底层，是一列更衣室和厕所。球场外由一圈步径包围，包围步径的当然就是植物了。它们是高大的乔木，低矮的灌木，贴地的草木。各类树木绽放不同的花朵。其中有十多二十株台湾相思，还有许多株不断地撕裂自家衣裳的白皮松。

花阿眉认识的树木不多，公园的树木也不算太多，有鸡蛋花、紫荆、宫粉羊蹄甲，这些是高大的树；矮的呢，有天堂鸟、大红花、灯盏花，以及发疯似的绽放的杜鹃，到了秋天还像一个火球在燃烧。偶然，公园内还忽然出现一二奇异的花树，花阿眉叫不出名字，但忽然又会失了踪。只有棕榈树是屹立不变的，而且越长越高，酒瓶似的身形越来越阔。花阿眉经过许多年，才留意到小卖部的凉亭前一丛并不起眼的树木，那是鱼尾葵，树干挺直，但叶片像散开的鱼尾，也仿佛被胡乱裁剪过，最特别的是，它的果实累累密集，一串串圆珠。它原来一直守在那里，只是少受人注意。

到公园来晨运、午运的，似乎也是长年不变，在步径上的仍是那些姿态各异的竞步者；仍是持着拐杖一拐一拐的长者，背后跟着一名菲佣；中年人推着一辆轮椅，椅上是一位长者；年轻梳着麻花发辫的姑娘伴着老妇一起绕圈而行，数十年过去，花阿眉还看见她俩在眼前横过，仿佛不散的幽灵。

其实，也不是一切都不变。更衣室和厕所以前不是被蚊子攻陷的么，现在却清洁通爽得多。来上体育课的学生，他们的运动服饰完全属于不同的世纪。坐在室内运动场外梧桐树下休息的花阿眉，见到三四岁的小朋友独自踩着滑板飞驰而过。

花阿眉常常会站在园北的步径上，那是园区斜坡的顶端，可以遥望马路对面的牛棚。数十年前，牛棚近马路的边缘，花阿眉见过母牛和小牛一齐在吃草，多么温馨的场面呵，如今好像一片残垣败瓦的样子，是拆卸什么还是重建什么呢？公园的位置坐北朝南，园门分布在东南西三个方向，每一门外都有园规说明。花阿眉总是笑笑，其中一条说，不得携犬入内。事实上，的确没有人携犬进园，但园内常见没有人携的大狗自由行。狗最喜欢公园，你写的又不是狗文。园内曾经有许多猫，猫也喜欢公园，可如今一只不见。偌大的公园竟容不下任何猫？

清晨和傍晚时分，公园最多人，晨运者有不少长者，耍太极拳、跳扇子舞、表演剑术。步径上渐渐出现竞行者，然后就由年轻人占满足球场和篮球场了。中午相对清静，只有附近的白领穿过上饭馆和食肆。傍晚又恢复热闹的景象：凉亭内坐着妇女在玩纸牌，远一点的草地上坐着一群南亚裔的男子，也在玩纸牌，如果是假日，就有成群的外佣相聚一起。年轻的异国少年在足球场上玩板球，硬球撞在铁丝网上总令人躲避，也吸引了观看的网外人。花阿眉在网外散步，常常看见陈二文在网内打球。

朝牛棚那个方向看过去，牛棚的那边还有煤气鼓、十三街、盲人工场，然后就是宋王台和旧启德机场，也就是土瓜湾街的终点。土瓜湾不是一个区，只是一条土瓜湾道和几条街道，所以，这个地方没有警署，没有医院，没有电影院，没有大商场，没有大酒店。但这里有码头，有海滨长廊，有公园，有图书馆，还有很多很多令汽车大感满意的美容院、澡堂、诊所。

十三、土树鱼尾葵

陈二文很少照镜子。鱼尾葵更从不照镜子。他在公园里逛了好一阵，忽然想到，土城是否也该选一种有代表性的植物。这时他正走到凉亭的小卖部，小卖部前面恰好有一大丛鱼尾葵，其他地方就较少见了。选土花土树，要配合地方的环境氛围才好。他选了鱼尾葵。

鱼尾葵不是水仙花。整日端详自己的容貌、体态，岂不易累，易患抑郁症，也是对万能的造物主不敬。陈二文很快就融入鱼尾葵的角色。鱼尾葵敬爱造物主，相信造物者对各事各物的创造均有适当的安排。

鱼尾葵高大似乔木,枝干带有横环,似竹,可又不是竹。它是棕榈,却又没有棕榈那酒瓶子坚实粗壮的身段,也没有在头顶上爆发,如烟花款摆的大葵扇。可别把位置和方向弄错了,葵扇是有的,多而且密,长在伸长的手臂尖端,而且多重破裂,多锯齿,多……陈二文一时再想不到那么多。

鱼尾葵最特别的是葵叶像鱼尾。要怎么形容它的样子呢?令无数数学家、物理学家、生物学家、植物学家、画家既雀跃,又困惑,多番钻研,它不是圆形、方形、椭圆形、三角形、雪花形、多角形、锥形、平行四边形,最后,灵感还是来自一个写小说的人,称之为分形,据说和翻起的浪花同一形格。小说家?文嫂插嘴说:我平日也看亦舒。是写《平面国》那位。

鱼尾葵美丽吗?真是见仁见智的问题。陈二文就近访问了几位在公园里经常出现的人物。一个每天做晨运的长者:鱼尾葵?从没听过。一个每天和朋友一起跳扇子舞的大妈:葵树,可以做花扇吗?一个西装打扮手拎公文包,一早就坐在公园里打瞌睡的中年人,抬起头来:唔好玩我啦。唯一对访问对答如流的,是公园外一位流浪汉,不,园外石阶下的一角就是他用纸皮搭建的居所,居所旁正好有几株鱼尾葵:美丽,它像济公和尚的葵扇,可以作法,可以做我们丐帮的旗帜。陈二文给他两块钱,他拒绝了。不知是嫌太少,还是因为接受访问而收钱,有失尊严。于是,根据调查所得,没有人反对，一票通过。陈二文也觉得自己有眼光。

鱼尾葵依家族传统办事，茎干挺立，不分枝；喜欢温暖的气候，喜欢潮湿，会选择有遮蔽的大树下亭亭成长，快乐地生活，而忌怕阳光当头直射。它会借光合作用制造食物，充实自己，在繁衍的季节，绽放黄花，结成宝石般的浆果，由绿转红，自头顶垂下，如同埃及女王。累累果实，像什么呢，像挂在树干的地拖，地拖？陈二文毫不浪漫，只想找到贴切的比喻。但它吸引雀鸟啄食，飞鸟也替鱼尾葵传播种子，这是动植物之间的合作，互相帮助。会有人特别栽种鱼尾葵么？有的，不过好像不多见。它自求多福，虽然不起眼，毕竟姿态婆娑，会帮助治理环境，又容易栽种。

若问这样的生命有否更多的意义，问错对象了，鱼尾葵不是孔子，不是苏格拉底，它有什么寓意呢，它从不照镜子。

十四、盲姆看车

我是车盲，花阿眉想，若有人问起，汽车什么的，我只能提供似是而非的白痴答案：有四个车轮的东西。要是这样，一头白发的阿娥每天都坐车，而且是私家的，前面的轮子小，后面的轮子大，那是轮椅。这一带坐轮椅的老人渐渐多起来。奇怪花阿眉竟一直生活在车行最多的地方，买卖汽车，为汽车美容、配备零件、洗泡泡澡，汽车医院，等等，而且越开越多，听说总有三百家。她想，有些汽车大概跑累了，脾气不好，尤其是那些大块头，要是对老人家客气些，行走时前后留神就好了。

开始注意移动的车流，完全是因为发现跳蛛有八只眼睛，围成堡垒，分布头胸腹一体的前后左右。前两只后两只彼此贴近，左两只右两只相对隔离。这格局与汽车相似，亮灯时分尤其醒目。蛛眼不分框圈和瞳仁，仿佛围棋黑子，远望如同虎眼。不，应该是汽车像跳蛛。应该在野外丛林内和应该在科幻小说中的怪兽，都释放到土民居住的街道上，有时排成二行、三行，把人驱赶得扶墙而行，有时，把落藉的大树死活凌迟。

要看蛛眼，花阿眉只好站在窄窄的人行道上。数十年来，蛛眼反映了我城的变迁。花阿眉找寻的蜘蛛眼就浮现在车房的玻璃窗上，二三十年前，还不觉得有什么特别，大多平平无奇，并不起眼。起眼的，未必会屈尊莅临。如今呢，机场飞走了，土瓜湾这一带正逐步翻新，汽车也经过不断演化、基因改造，显得各有性格，个个都戴了不同的面具，参加嘉年华似的。以往改变颜色，用的是喷漆，如今呢，用彩贴。花阿眉曾在公园入口外的一家车行外，看易容师傅为汽车裁剪糊贴，真是神奇的手工。

本来温驯友善的圆蛛眼，也可以变成不规则的三角形、斜钻石形、六眼并排形、闪电形；眼内不再透视圆灯泡，或光管、荧光棒，而是从LED聚光灯降生，由电能转化，凶神恶煞。那个猪鼻子可以是侧躺的蚕茧，可以是拆剩防尘板的冷气机壳，也可以由钢架支起，翻出了内脏，这时候，一两个外科医师就卧在车的肚皮下面望闻问切。这时候，花阿眉才可以从容观看。最漂亮的猪鼻子，她会投布加迪（Bugatti Bleu Centenaire）一票，帅得可以杀死人。我只是选鼻子罢了，花阿眉喃喃自语。至于鼻子底下的嘴巴，可更俏妙了，有的鲨鱼形、河马形、血盆大口形，獠牙尽显。潮流不是都说该环保、得省油、争空间，可房车有些变得更大更长，反而跑车则更矮更贴地，更多义肢，黄色、橙色，活脱脱放大了的玩具，但也更吵，三更半夜轰隆飙过，直吵到天明。飙车的富少大抵都戴了掩耳的随身听。车行成行成市，她怀疑不多久就会有一两所汽车精神病院落户。

花阿眉家楼下的街道，本来宁静洁净，已被车辆和旅行团占满。她出外时，总希望有摩西过红海的本领。楼下转角的维修公司，店内外总停泊着漂亮的法拉利、玛莎拉蒂。昨天她见到一辆炭灰色的林宝坚尼，车后顶的凹板是块茶色的大玻璃，很有科幻的赛博朋克味道。看车，的确像看玩具；她因此认识了许多车的名字。

但也只是名字。平生第一次对跑车的见识，是在离开学校找到工作时，比她更年轻的一位朋友买了一辆亮丽的明黄莲花跑车，路人都为之侧目，她对这朋友很熟悉，并无惊异的反应，倒认为蛮有趣哟。这跑车像芒果，偌大的芒果在街上溜冰。不到一个星期，朋友非常仔细，在车内万般小心保险，高度严肃认真，"嘭"的一声把那芒果猛撞向前方的厚墙，墙和车都挂了彩，名声实时传遍方圆数百米内外。

十五、小花

早上九点开始，小花就在窗台上晒太阳。它总是躺卧在一堆杂志上面，手脚折叠，尾巴向左右拍打，眼睛盯着楼下的汽车，或者停在冷气机顶上的鸽子，然后发出呜呜哇哇的叫声。窗前是一张宽阔的木头桌子，陈二文盯着的却是计算机屏幕上的布克奖年度得奖者的姓名。竟然是厚得要命的一册讲淘金和海盗的传奇，名《发光体》。陈二文晃了晃脑袋，对小花说：难怪英国要另外设一个新的文学奖，以创新为参赛的准则，希望提升小说的水平。小花没有喵喵叫回应，只传来一片沙沙沙的摩擦声。陈二文循声一看，叫了起来：阿花你在做什么呀。这时的阿花，并非坐在窗台上，而是如同一幅动漫，手脚伸张，连同头尾和肚腹，整个平贴在纱窗上。陈二文叫小花下来，可它还是手脚移动向纱窗上层爬去。上个月吧，陈二文住的这一群大厦申请到楼宇大维修的工程，由政府协助大厦各单位的业主，合资把三四十年的楼房翻修，使得楼房可以持续再居住好些日子，长者可得资助，暂时安居下来。早一年，土瓜湾不就塌了一座六层高的楼房？本来在家中看电视、做家务，岂不幸福，哪知轰隆一声巨响，泥石沙砖门窗楼宇通通像饼干碎一般从高空洒下，沦为小山丘，还堆到马路上。楼宇法团的秘书和执事都说，如果不是因为马头围道塌楼死了人,我们这个土瓜湾,以僭建天井、平台、天台著名的旧区,还不知道会不会很快变成茁长土瓜的港湾了。

在马头围道和土瓜湾道,几群楼房已经在维修了,房子的喉管都生了锈,该换铜管,窗门要换掉松脱的扣锁,梯间的通道和天花板像住满了睡懒觉的白蝙蝠,外墙的石砖、纸皮石一一需要填补、髹漆,工程持续了半年也只完成了一半。最先是搭竹棚,那是了不起的技艺,陈二文简直看呆了。搭竹棚是七八个人一起合作的,横木和直木构成井字形,斜木支撑转角,师傅当然是主持大局者,众人都听他的号令。他大声说话,地面上的徒弟辈大声响应,竹子一根一根向上传递,才一会儿工夫,七八个人一齐站在同一水平的竹竿上,用胶带把竹竿扎紧,用利刀把胶带割断。看得最兴奋的原来是小花,如今它站在窗台前,双腿站直,双手向上攀住纱网,从背后看,它的形体像字母 H,它一直站在窗台上模仿,仿佛它也是搭棚的一分子。

有没有忘记过吃药?护士替花阿眉量血压时问。

没有。

有没有试过头晕、冒汗、气喘、呼吸困难?护士替花阿眉验血糖指数时再问。

没有。

有没有做运动,一个星期至少三次,每次三十分钟。

有啊。

做什么运动？

夏天逛街，冬天到公园耍剑、打太极。

如今是夏天，花阿眉的运动是步行和逛街。乘一程巴士，随便到一个商场，在玩具店、杂物铺、时尚走廊，其实看什么都无所谓，闲荡一个下午，然后乘巴士回家，总共花四块钱车费，长者优惠。

天阴最好，就在家附近看风景，看人来人往，看小店倒闭和开张。整个街区和早一年、十年、二十年完全不同了。楼下的茶楼不再向街坊开放，而是只接待旅行团，一天三次，潮水似的旅客被吸了进去又吐出来，吐出来的每次有一百多人，把整条街的大厦门口全堵塞住。花阿眉外出不得不从缝隙中钻，请蹲在门口的大叔让路，一群大汉围着哆啦A梦那么胖肥的垃圾桶吸烟，更多的大婶在呼朋唤友，一只只手摇着泡了茶叶的水瓶。领队的阿姐高撑一把伞，上面吊着个毛毛熊猫，大声喊编号，人行道如同军训般排出队伍，四人一排，列到街尾。许多人从附近五间装潢华丽的巧克力店跑出来，从两间看来对立的超市跑出来，从钟表店和门口大字标明政府验证合格正药的店铺飞奔出来，被团友拉入队伍。队伍的前哨已经过了马路，转了弯去得远了。那里就是九龙城码头，有一艘游轮泊在岸边，旅行团的下一个节目是海上游。

花阿眉看到陈二文看到的景象。她也回家来了，这条短短的街是她搬家时的选择，因为街的两旁各长了五棵树。如今只剩下九棵，不知道是哪一辆货车泊车时把其中一棵撞倒了，缺口一直留空，没有人理会。货车常常泊上人行道，因为街道两边各有一家大型超市对峙。过了很久，一棵新树突然出现，花阿眉十分惊喜，可惜，树也圈植在小水泥洞中。花阿眉常常挽一桶水浇树，树仍是长得营养不良似的，树冠的枝叶又总是稍稍茂盛些就被渔农处的员工剪掉。树下，满街都是纸屑、烟蒂。花阿眉从土瓜湾道回来，如果抬起头，如果她的眼睛够好，她过马路后或者可以看见对面楼宇九楼上面有一只小猫，两手攀着纱窗，袒露花白的肚子，恰巧在看着她。

十六、发展史，从一只猪开始

整整一天，陈二文在追踪一只猪。

关于这只猪，它的国籍、原居地，陈二文都不知道，但他相信，这猪来自外地，譬如说：英国、法国，或者西班牙、新西兰。因此，这猪不可能染上口蹄疫。不过，陈二文要追踪的并非口蹄疫，一来，他不是医生；二来，他不是卫生部门的检疫员；还有三来，他更不是猪农。对口蹄疫，他暂时还没有研究的兴趣。陈二文肯定，他所追踪的猪，来自内地，大概是广东的乡镇，也许更近一点,来自深圳。它和一群猪或者同一猪场同一乡里,都饲养得肥肥白白肚皮贴地,适合出栏了。

也许,陈二文追踪的猪,根本就是本土猪。可是,可能性偏低。陈二文想到,新界哪里还有空地供你辟一个猪栏?若有地皮,还不如发展地产。何况,近几年,养猪业备受指控:臭味熏天,污染河水。政府要征收排污费,亏本生意,又是厌恶性行业,谁还去养猪呢?奇怪,肥土镇失业大军日趋严重,连专业的白领也难保饭碗,政府高官都叫大家去养猪。新界养的猪不多,也只够供应上水、元朗、屯门吧。从内地运来的猪,都由火车运送,货卡穿过九龙车站附近的隧道出来,经过漆咸道的巴士,若是没有空调,乘客立刻嗅到一股泥土的气味,大伙儿就说猪啊猪啊,有半车人实时用纸巾掩住了口鼻。有时候,猪只已从火车卸下,上了货车,运了上路,那么在巴士上的乘客,即使巴士上有空调,也看见货车上的猪了,齿白唇红、肥头大耳、白白胖胖,谁也不否认它们是一等一漂亮的动物。

猪都运到屠房去,譬如说,土瓜湾就有那么一座,就在十三街那边。街是私家的,屠房却是官家的,挂正了招牌,操宰杀的合法特权。屠牛得用子弹射进牛脑,屠猪简单得多,当头击昏即可。牛、猪到了屠场,许多都竟知道自己最后的命运,挣扎的不计其数,有的牛还流下泪来。受特赦的似乎只有一头而已,那牛后来得以在一所佛堂颐养天年,黄牛出家,也是异数。猪可不曾见过流泪的，因此都呜呼哀哉了。

屠房一天屠牛数头，屠猪数十，这本是一门不会亏本的生意，可意外的是，官家屠房竟然运转不灵，要关门大吉。原来这屠房每天日上三竿才屠得牲口出来，街市的肉档早已买得猪壳，勤快地做了一笔早市的生意，迟来者向隅。肥土镇的屠房并非只有官家那几处，民间那些，有点像豆腐铺，三更半夜已经起来工作。七点不到，猪壳已运至肉市场，主妇们纷纷挽了猪肉回家。接着，城中一片月，万户剁肉声。

陈二文追踪的猪并非会跑会走的活猪，而是鲜肉市场的猪壳。来自哪一个屠房、是猪公还是母猪、重多少斤，都不必计较，也不是追踪一群，一只就够了。这猪，早上从一辆密封的货车运到，车门打开，一名健硕的伙计把猪挂搭在肩背，背到肉铺内，朝右一侧身，猪就倒在湿滑的白瓷方砖地面了。陈二文目击场面，马上从寻找工作的名单里删去这一项，因为他自己也只有一百二十磅。以前，肉铺一天会订两只猪壳，如今经济不景气，只要了一只。

运送猪壳的货车可以通行无阻大刺刺地停在肉铺的门口，是以前无法想象的景象。老街坊都记得，这一段的落山道，不管日出日落，永远挤得水泄不通，因为这就是街市。行人道上的店铺固然把半间铺子的货物推上街道，而车行道上则被无牌小贩占满了。除了蔬菜水果，鲜鱼鸡鸭蛇蛙，还有卖毛巾衣袜、五金杂货的摊子，加上粥面店子，店外同时售卖肠粉糕饼等食物，挤满了人，哪里还有空隙?

城市要讲面子,市容不可凌乱,于是兴建街市大楼,把街市赶进建筑物里去。那座十多层高的大楼,楼上有康体处、市立图书馆、医务所,楼下三层就是街市:一层鲜鱼肉,一层蔬菜兼家禽,地库售干货。市民都乖乖地上街市大楼去了?大街上再也没有肉店菜档了?不是没有。许多人就是不爱上街市大楼,就爱在大街上徘徊。各有各的理由:赶时间,就在街上买;一把年纪,上街市大楼要爬楼梯,又无电梯;天气热,冷气不够;地方窄,又要按一定的方向走;等等。于是,大街上仍有许多肉铺菜档,马路上倒又能再摆卖了。

陈二文没有上街市大楼去,他在大街上锁定一个目标肉铺进行追踪,带了纸和笔,还有照相机。他坐在肉铺对面,隔一条马路的店铺内,有时在粥面店,有时在小饭店,选择面街的座位,观察肉铺的买卖。有时,他在肉铺门外走动或停驻路旁,仿佛在等候十四座小巴或的士。是这时候,他感觉自己好像也成为了受追踪的猎物,马路对面一个同样拎着照相机相当面善的女子在看着他,有好几秒的时间两个人竟同时举着照相机对峙,但好快,运猪车到达了,陈二文马上醒觉自己的专业,集中精神,在路旁垂手静立,若无其事,伙计搬运猪壳时,和他擦身而过。他神不知鬼不觉地触摸了一下猪耳朵。他的目标绝不是猪耳朵,而是猪尾巴。他看见了猪尾巴,没有卷曲,是垂直的,晃晃荡荡的样子。这是一头仍然拥有尾巴的猪。他很满意，成功地完成了所有追踪的程序，他可以回家写报告了。陈大文总觉得弟弟没有正经做事，这些，不是转眼就过去了吗？二文苦笑，正因为一切转眼就失去，不牢牢记住，怕来不及了。他的报告中有这么一句：我们土瓜湾的发展史，从一只猪开始。

卷二

离岛

"你爱他吗?"

"是的,母亲。"

"你将和他一起生活吗?"

"是的,母亲。"

"你会留在那个岛上吗?"

那是一个宽阔的海岛,到处是农村、田舍和沙滩;有小部分的居民出海捕鱼,更多的人在屋前屋后晾晒海产;巷子里终年积水,空气中充满盐味。风暴侵袭的日子,浪涛会卷走林木,把艇只拍打上岸,山涧汩汩泉涌,低洼处水患成河。但风暴并不经常降临,岛上总是阳光浓艳,尤其是夏天。

"太阳将会把你晒得很黑很黑。"

"你不觉得我越来越苍白吗?"

"他驾巴士吗?"

"是的,母亲。"

"岛上的巴士吗?"

"是的,母亲。"

"你又去乘搭巴士了吗?"

他牵着我的手,引领我踏进车厢,让我坐在驾驶座位背后的椅子,那时候,车上一个乘客也没有;我于是坐定,知道车内忽然变得满座。我看着他从站长的凉亭走来,攀上驾驶的座位,发动马达、旋扭軚[1]盘,把车子驶入蜿蜒的小径。沿途上我们不发一言,透过后视镜,他的眼睛宁静地一直凝定在我的脸上,只有我一个人知道,车子随时会堕下悬崖。

"他在岛上居住吗?"
"是的,母亲。"
"一个人吗?"

他独自住在濒海的村落,一座古旧农舍的楼上,房间狭小,只有一扇窗。站在码头上,可以遥见那座灰白的屋子,窗下悬吊着一把扫帚。

"那边有博物馆和画廊吗?"
"没有,母亲。"
"有音乐厅和剧院吗?"
"没有,母亲。"

---

[1] 軚:粤语指方向盘。英语"tyre"的音译,本指车轮,因方向盘与车轮均为圆形,故同称为"軚"。

"没有了它们,你能生存吗?"

"难道你看不出我是这般疲乏吗?"

"你是真的要远离我们了。"

到岛上来散散步吧,母亲,我会到街渡的小巷,那边有一个小小的摊档,为你选择一尾鲜活的鱼,等你来;我会用当地酿制的虾酱,为你烹调刚从田里摘来的柔嫩的菜蔬。

"他能讲法语吗?"

"不能,母亲。"

"他读《诗经》吗?"

"不读,母亲。"

"你会快乐吗?"

我不知道,母亲。我只知道我会煮饭洗衣抹窗擦地板,我们会看海摇船游泳钓鱼,看日出日落,我们会吵架,同样会疲倦。或者,我们会有孩子,或者我们会耐心地把孩子一个一个抚育长大,相看彼此一点一点地老去。

一九六一年一月三日
二〇一六年修订

一封信

当我带着度假之后疲倦的身体归来，她的来信已在我的信箱里安静地躺了三天。跳进我的眼睛是她颤抖的字迹。她永远是这么的感情冲动，而又不愿意好像也不能加以控制。她对于童年的往事，显然深刻难忘，一面表示父母对她忽略，却又同时对他们感到深切悔疚。这些，过去是她反反复复的话题。但我只是聆听者，知道这是外人难以判断的家事。上月，当她探访旧居回来后，精神就更为困惑，她仿佛重温了那段已失落的日子。于是她忍不住写了一封长达六张纸的信给我。信上细密的字体，记录了她童年时生活的种种。

米素，童年时我是生活在一幢古老大屋里，大屋的入口处，对着人来人往的大道，因为这个方便，近门口处，就用来做了小店子，专卖一些零星的东西。楼上每一层都分住着好几个家庭。我们就住在一楼的后半段，就近厨房，一个房子属于二舅父的，他单身一人；第二个是父母的，再辟出一个小间隔给我和哥哥。连贯这三间小房的走廊，直直地通到我们的客厅。我们的客厅不大，一张圆形的木桌放在中央，伴着四张酸枝凳，客厅的左面有一个很高的大衣柜，这个衣柜在我们孩子看来就更像夹万了。这个像夹万的衣柜，里面装的究竟是什么，是一个谜。客厅的右面放了一排木椅子，墙上挂着两幅遗照，是外公外婆。我从没见过他们，但看他们严肃中带着温柔的微笑，想生前是慈祥和气的。

厨房不远处，有一座用木搭成的楼梯，不高不低的直通到天台。我们的天台也是用木盖成的，其实像无数的旧楼宇，是僭建，有点险要，是孩子们严禁出入的地方。这天台曾用作教室，后来弃置了，却堆满了人家的杂物，旧衣车、雪柜、杂物。还有纠缠不清的天线。二舅父在天台上，辟出一角，种了多盆的风雨花，粉红色的花身，花蕊显得很高，沾满黄色的花粉。每逢风雨，花就开得特别灿烂。下雨之后，我往往随着哥哥偷偷地爬上天台去看。那肮脏、湿滑的木楼梯，行走时要特别小心，甚至连木的扶手也是湿淋淋的。

走上天台，我们就进入了另一个天地，尽管堆满杂物，空气仍然清新多了。从天台往下望去，后街的小巷，打铁铺、理发店、金鱼店、零食店、茶餐室等，都一一陈列着。在这里也可以看到我们这座屋的二楼和三楼，它们都是用红色的砖头，以及木材砌成，破旧的屋身，里面居住的是什么人家，无从知晓了。

只有我哥哥才会带我上这天台来，哥哥大我六七岁。哥哥也教我放风筝、钓鱼、踏单车，而我一样也没有学好。他也带我到傍海的船厂玩耍，那些经历了千种风险的渔船，一直占据我整个心怀，那棕色夹杂着青苔的船身，那种海藻的味道是我最欢喜的。船厂的地方满是泥泞，一枚一枚大木条散乱一地，这些潮湿的木条，听说是用来造船的。船都非常高,哥哥常常爬上船顶向我招手,然后就由船顶纵身跳下来,他的胆子真大得不得了,我可一次也没有试过。这船厂也是雀鸟的聚集地。

每次,就是为了捕捉这些小雀鸟,我和哥哥都跌得满身泥泞,回到家中,就受到母亲的责备。

船厂的周围,也居住了很多户渔家。有几间小屋建在水面上,用竹和木搭成,窗子大多钉上铁片,渔夫们就依靠几根深入水底的竹子支撑,建造起自己的家园。

由于母亲认为船厂对女孩子不安全,我到船厂的次数不多。我只上午班,二年级,渐渐地,我也习惯在下午的时候留在家中,而且,我也觉察到家里有很多有趣的东西。我们一家居住的地方,有一座木楼梯,踏上去,会发出轻微吱呀吱呀的声响。近中央的顶上,有一条横木向外伸展,横贯两边的墙壁,它位于很高处,每次,我都得跳高才能攀到,攀到之后,我就攀着它打秋千。米素,这个就是家中唯一令我感到刺激好玩的地方,我常常玩得乐不可支。母亲也曾禁止我做这个她认为是危险的玩意。然而,我还是经常悄悄地走到木楼梯去。

有时,我也会拿起一张白纸,用七彩的颜色笔胡乱地涂鸦。或者用粉笔,在地上、墙壁上快快乐乐地绘起画来。当时我所画的究竟是什么,我也不大记得了。也许是一些男孩子、女孩子和小动物的肖像吧。

大舅父偶然也会带同孩子来访，表弟表妹都乐于和我们一起玩耍，我哥哥大概富有模仿才能，会学大人的说话和动作，卷起一条纸张，作状抽烟。每次，都逗得我们嘻哈大笑。

平淡的日子徐徐地过去，我年长了几年，开始发现我们大屋的厨房，有一个大大的窗，刚好是对着海边。每日，穿过这方形的木框，我看到海边的一切，飞翔的海鸥，五颜六色拖着长尾巴的风筝，满是旗杆的渔船，破烂的木屋，赤脚的小孩子们，玩着捉麻雀的游戏。

窗的最远处，是连绵无尽的山。黄昏的时候，我坐在厨房的石阶上，好凉爽的石阶，看着太阳下山，看着黑暗慢慢地占有这个世界。

每当风雨之夜，哥哥就会领我到这个窗前，遥指远方说："看，前面那座山，每逢大风大雨，就可以看到一个老婆婆，满头白发，站在黑暗中，吃力地推着石磨，不停地磨着米。而我呢，"他停顿了一阵，"我会走着走着，走到山后的另一边。"说完，他就很诡秘地走开了，只留下我在窗前，很留心地注视着。然而，这位老婆婆，始终也没有出现。

晚饭对于这古屋的几家人都是很隆重的事，厨房是这一层楼共享的，每晚六时之后，就忙得不可开交。几个女人挤在一起，各自为家庭做活，相处倒也很融洽，柴米油盐，可以互通有无。

因年代久远，厨房四面的墙壁都沾满了油烟，一层一层不同深浅的黑灰，一些流下的水痕，斑斑落落的，布满这个厨房，那是一幢旧楼伤痕的记忆。入黑之后，从四面八方走来的甲由[1]，棕色带着油光，悄悄地爬到墙上，啜吸着上面的液汁。这些骇人的景象，一到入黑，我就不敢再进厨房半步。

　　客厅对出是一个小小的露台，四周都放着一些不知名的盆栽，也许也是舅父的主意吧，站在露台上，可以看到街上的一切。偶然，街上会传来一阵阵的喇叭、锣鼓的声音，要是我们和表弟表妹正在大厅里玩耍，便会一窝蜂地拥到露台去，争看那些穿白戴蓝的人。那么一个出殡的仪式，在我们看来就更像是在办一件大喜事。我们大声地谈论仪仗队够不够辉煌，或者大声喝彩，像看戏。后面跟队揉着眼睛的男女，不就是在演戏么？这时候母亲会用严厉的眼色瞪着我们，把我们驱回客厅去。我们于是继续未完的游戏，玩斗兽棋，或者抓豆袋。每次玩什么，总是由哥哥发号施令。在客厅与走廊的中间，另有一条小小的木楼梯，是通到我婆婆居住的小阁。因婆婆长年积病，小阁里总沾有一股浓郁的草药和熟烟味，走进去，使人感染一丝郁闷的气息；有时，又会有一阵不知从哪里吹来的冷风。再然后，有一晚，我竟然看到红红的火光，仿佛有重量的浓烟。

　　在这绿色小阁的天花板上，有一个很大的天窗，一条长长的麻绳吊下来，听说是用作开关的用途，在我还没有长得高到可以拉扯

1　甲由：多用于粤语等方言，指蟑螂。

这绳子时，我已经离开这座大楼了。在平时，这个天窗是关闭的，只是有一次，偶然的机会，我随着母亲去探望婆婆，她们闲谈，我则睡在小阁的地板上。无聊地抬头张望，赫然看到一块四方的，黑沉沉满挂星星的天空，高高地贴在天花板上。天花板上的天空突然转变，闪烁的黑色，变成火焰，我大感迷惑，不能分辨真假、幻觉或现实。米素，那次就是我第一次感受到大自然既神秘，又可怕。那年，我刚好是六岁。

这时，我最小的妹妹才刚出世不久，母亲又要做永远做不完的家务，还要剪裁胶花，帮补家用，就没有时间照顾我们了。父亲也是早出晚归，辛苦地做着两班不同的工作。当年，哪一个家庭不是这样呢？然而，我在那个年纪，却正是极度需要父母的爱护和关怀。为了引起母亲的注意，我日夜寸步不离地纠缠着她，时而牵扯着她的衣服，向她要这要那。米素，那时我们没有谅解我们的父母。真的没有，我这种自私的举动令她更感到吃力，并且烦厌吧，她每一次都打发我，要我跟哥哥去玩。哥哥肯定跟我有同样的感受，也许更强烈吧，他经常逃学，还不知从哪里学会，在天台上偷偷抽起烟来，并且燃烧旧书本旧报纸。当火焰上升，像烟花，我也莫名其妙地感觉兴奋，还帮手点燃。

在那段时间内，我常常不停地做着相同的噩梦。我梦到母亲和我，在一个暗黑的晚上，在荒郊的公路上走着，四周没有一点灯光，只有几颗寥落的星星，忽明忽暗地闪耀着。我们沉默地走了一段路，不久便到达了巴士站，站旁刚好有一张长长的木凳，我和母亲坐下。四周都是浓雾。终于，巴士来了。在这边唯一有灯光的汽车上，走下一个瘦弱的妇人，从母亲的手上接过我，母亲就自行上车，巴士在雾里开走了。隐约可见到她忧郁的挥手。米素，你知道吗？每次从梦中醒来，我就忍不住饮泣，辗转无眠，第二天，就带着一双哭肿的眼睛。

又是那么一个黑暗的晚上，总是那广大郁黑的夜空下，我无目的地走着，那是一条崎岖泥泞的路。我脚步一踏一踏地印在泥地上，我不知道要找寻的是什么，也不知道会遇到的是什么，我只是拼命地向前走着，路在我前面敞开，没有尽头；孤独地，慢慢地，在黑暗中，然后我醒来，一身是汗。这个可怕的梦一直威胁着我。是的，米素，每当我情绪低落、恐惧、不安时，噩梦就会出现。

我又常常梦到自己从大屋的木楼梯跌下来。我站在楼梯顶上，而另一个我就站在楼梯下等待着，我抬头看看自己，心里说：下来吧，下来。于是，我看到自己从楼梯上跌下。我看到自己恐惧和惊慌的神态，张开而不能发声的喉咙，那瞪大求救的眼睛，然而，楼梯下的我却只是木然地站着，没有对自己加以援手，只是旁观。下面忽然打开一张大网。

米素，各种奇形怪状的梦，使我迷失。那里有猛兽，黑暗，发光的眼睛，长满尖牙的墙壁；大大的数目字，不停地向我压下来，无数的手向我伸来，又将我抛高，烟浓得像猛兽，要把人吞噬，我不断地呛咳……当我和哥哥不得不跟随舅父离开那成为灰烬的大屋，这些梦魇，开始断断续续地作祟。

然后，停止了好一段岁月，直到我成为教师，尝试做一个好老师，教好我的学生。有一次，我路过旧居，禁不住流连张望，当面对那已经重建的楼宇，梦魇又再出现了。总是发生在漆黑的天空下，来得很突然。一列古旧幽深的大屋，每间屋，每道残旧的木门，在门旁微光的路灯，每个屋顶都挂搭着木片，重重叠叠。在每家门的左侧都放了一张陈旧的藤椅，每张藤椅之上都坐着一个老婆婆，瘦削，灰白的头发，苍凉的面孔，戴着眼镜，披上黑色的围巾，在不停地打着毛冷球。米素，这些噩梦，就像咒语，伤害着我。在那段时间，我极度地伤痛。婆婆和父母亲，就在那一场烟火里，离开了。

我也没有再见我的哥哥，他十六七岁就出外工作，然后行船，辗转到了外国。我们再没有联络。也许他也发着同样的噩梦。这梦就成为我们的联系吧，但愿他也同样醒来。现在，当我把这些写下来，一切就好像平息了，一切就好像好起来。是永久还是暂时消失？我不知道。过去已不能挽回，将来，谁又能保证呢？我只希望还能老老实实地去生活，勇敢地，重新体验，重新学习。

一九七四年六月二十日
二〇一六年修订

我从火车上下来

穿着没有纽扣没有拉链的布衫的那些少年,好像一袋一袋的米一般,砰砰地步落到月台上去了。然后是手里握着一大把狗尾草的女孩,也从火车上小心翼翼拾级下去了。然后是手里握着香枝的母亲以及手握着风车的小孩。还有一些年轻人,背着背囊,露出烧烤叉子的长柄,好像古代战场上的大将。

他们都从火车上下去了。在这节火车厢里,我是走在最后的一个人,并不是因为我刚才一连喝了两瓶汽水的缘故。我几乎花了二十分钟,才从火车上下来。刚才我一直在火车上打开了脑袋朝里面找寻,从烂泥水一直联想到天空的云朵上面去。我所做的另外一件事,就是计划着要立刻去找那群老朋友出来一起大叫大嚷一顿。

火车缓缓停下来的时候,我正想及和大伙儿坐在一起喝着咖啡。当我突然站立,我才发现我手上拿着的一个纸袋破了,袋里的木鱼都跌落地上,滚到各个方向的椅子底下去。车厢里的人正挤,我只好站着,等他们渐渐散去。它们一共是八个木鱼,很好的木鱼,纯粹的白木头,一点油漆也没有;每个木鱼的身上刻着两条鱼,鱼都有眼睛和嘴巴,身上有一片一片的鳞,尾巴却是没有。木鱼上的刀痕很明朗,这是我喜欢的。这八个木鱼,最小的一个是一个胡桃核那般大,最大的一个,有点像一块肥皂。

今天早上,我很早就跑到街上去了。街道都是我不熟悉的,也不晓得它们叫什么名字。这是一个我全然陌生的城市。我住的那幢房子，面对着一座公园的尾巴，我朝公园绕了老半天还没有找到门口，于是自顾自横过马路，走到对面去看热闹。对面的一列墙正在举行书法展览，我瞧了一阵。

平日，这个时刻是我的早餐时刻。如果是在家里，我一定是坐在豆浆的摊子上了，我会吃两个甜烧饼，来一大碗豆浆，当然，这是星期日的事。因为我不熟悉这个城市，所以我没有找到豆浆。除了豆浆，我有时会跑进快餐店去吃热狗，喝阿华田。又因为我在这个城市里并不认得路，所以，我也没有找到快餐店。

在转弯的角落上，我遇见一间门口摆着面粉饼的店铺，来买饼的人都提着饭格子，并且排起一列长长的队伍。面粉饼是我喜欢的，但是看见那么多的人排队，就不好意思抢先了，而且排队是我最害怕的事。肚子饿的时候我会想起许多食物，比如三文治，比如汉堡包，还有鸡腿。我自然同时想起汽水、雪糕苏打和杂果宾治。

他们说的，如果到了车站，口袋里的钱都要拿出来换糖。糖是我不怎么喜欢的。我的口袋里还有十五块钱，在我离开这个城市之前，我必须把这十五块钱拿去花掉，我于是去找什么有趣的物事了。我没有找到我想看一阵的故事书，也没有看见我喜欢的飞机模型、砌图游戏等等。难道说，我要去买一把描花镂空的檀香扇子？阿耳一定要笑到耳朵都绿了吧。我当然也不会去买一块看来莫名其妙的石头。阿忍会说,你可以写石头记续篇了。我在一间百货商店里打了三个转,有人围着我看我的牛仔裤。因为我的牛仔裤脚管上有流苏。我继续乱闯了一阵,看见有一堆木鱼,我买了木鱼。

我把木鱼从椅子底下捡回来时有两次撞痛了头。火车厢里已经一个人也没有了。我看见我的白木头木鱼有大半变了黑木头木鱼,有一只木鱼竟变了湿木鱼了。我一时找不到地方来放我的木鱼,就把它们一齐塞进了一只砂锅里。

我并没有旅行袋。我本来是带着一个有四条拉链的旅行袋出来旅行的,旅行袋里有我的牙刷、牙膏、洗发精、白花油、治肚子泻的药、T恤、若干内衣、后备的鞋、电筒、雨衣,还有羊毛外套。这些东西,有些是我依照平日露营的心得自己选择的,有的则是我母亲的意思,如果不照办,她又要哭了。不过,现在,我的旅行袋没有了,我的牙膏牙刷治肚子泻的药都没有了,昨天晚上,在我投宿的房子楼下,我把这一切都给了来找我、其实是我去把他找来的阿田。

我并不认识阿田,他是我母亲朋友的亲戚的兄弟。当我挽着我的有四条拉链的旅行袋,以显得好像可以实时打昏一头老虎的姿态,踏步出门口时,母亲递给我一个胶袋,里边又有饼干,又有蛋卷,还有一捆乌墨墨颜色、石像一般重的布,并且给了我一个地址和电话号码,要我到了那个地方,顺便去找。我照做了,我打了电话,经过传达再传达,传来了一个穿着一双胶拖鞋的阿田。

阿田和我一般，也是黑头发黑眼睛，也和一个四格子的橱差不多高。不过，别的地方，就不一样了，比如说，他的头发比我短，穿的裤子也比我短。又比如，阿田喜欢吃饭，我喜欢吃大虾沙律，还有，阿田会种田，我是连塘蒿和野草也分不清的。

我把胶袋给了阿田的第二天，阿田也给回我两个胶袋，一个胶袋里边是三斤荔枝，另外的胶袋里是四个菠萝。看见那四个菠萝，我仿佛站在学校的球场上，连吃了四个球饼。阿田要我无论如何把它们带回家。没有什么可以给你带回去的了，他说，只有这些粗东西。他的态度是那么的诚恳，我看着看着就点了头。

阿田请我到他家里去坐。我去了。我在这个城市里并不认识路，我希望他可以带我去喝豆浆。后来我其实也没喝到豆浆。买木鱼的早上，结果我找到了五花茶，我喝了三碗五花茶。阿田带我去看过长颈鹿，又带我去看黑熊。是因为在他的家里，我把我后备的鞋、羊毛外套、T恤、雨衣、电筒，都给了他。我还把足上的鞋换了他的胶拖鞋。如果我能够，我愿意把腕上的表同样留下来。

在我把足上的鞋和阿田换了胶拖鞋的第二天早上，阿田又带给了我两个线袋，一个袋里是菜干和发菜，另外的一个袋里，则是一只大号的砂锅。当时，砂锅里还有一尾游泳的鱼。看着鱼的时候，我忽然看见水里倒映着阿田的脸，那是一张诚恳、带点怯意、充满温暖的脸，因为这脸的缘故，我又点了头。在那个时刻，如果阿田要我抬一扇门板回家，我立刻就会去抬。我告诉阿田，我必会好好地把这一切带回家。但鱼是活的,他即答应收回了。

步上火车的时候,穿着没有纽扣没有拉链的布衫的少年,好像一袋一袋米似的,砰砰地跳着,看见我就哈哈地笑了起来。这么笨的家伙呵。他们笑。正是这个缘故,我在火车上不久即打开了脑袋朝里面寻觅。我岂不和他们同样年轻,我岂不懂得两手空空飘然上落最写意。

当我从火车上下来,我的模样好像一头刺猬。我的脚步又蹒跚。因为,我并不习惯穿了胶拖鞋在户外走路,而且,走了那么多的路。当我从火车上下来,车厢里已经没有一个人。有两次,我根本不能够穿过狭窄的甬道的门,我觉得我像极了一竿横放着的衣裳竹。我于是把行李调整了一下,这边的肩上背着菠萝,那边的肩上背着发菜和菜干、荔枝,还有我的摄影机。那些蓬发的植物,使我移动起来如一座树林。而我的双手,刚抱着一个大号的砂锅,里面有八个木鱼,骨碌骨碌地在响。

是这样子的,我从火车上下来。

一九七六年三月五日
二〇一六年修订

泳

涂上红药水之后，这穿着蓝色泳裤的少年坐在一张木椅上休息。

"觉得怎样？"我问。

"不碍事的。"他答，用手轻轻拂下膝上的沙粒，伤势并不严重。不过是大脚趾上被削尖的贝壳片割裂了一道缝。如今血已经止了，但他并不能够立刻回到他们那边去。

他们一起围着他。在沙滩上。他站在他们中间，他的个子并不高，但他有一种像一座挺拔的山一般的威严，使他们敬畏。他们问他各种有关游泳的问题，他详细地指导他们应该怎么去实践。

"手指应该这样合在一起，就像一枚桨那样。"他说。他们纷纷挪出掌来，把手指合拢了，并且在阳光中检看有没有光可以透过。

"头不要仰得太高，那样会吃力的，而且会阻碍滑行的速度。"他说，一面摆平了双臂，俯仰他的头，缓缓地示范给他们看。

有一头鬈发的少年现在才匆匆从堤岸上跑下来，手里抱着一堆衣服和一个帆布袋。经过我们身边的时候，他看见一只搁在折椅上涂着红药水的伤足。

"怎么竟是你，伤得怎样？"他问。

"没事的。不必理我，快去游泳吧。"伤足的少年挥手赶他走，并且叫他把衣服和帆布袋留下让我们看管。于是他朝海那边跑去。

但他跑了几步就折回来。把手上的表摘下递给我们。伤足的少年接过了，把它套在自己的腕上。"你知道吗？我们的游泳教练，我从来没有见过他戴手表，但也从来没有见过他迟到。"他一面戴表一面说。鬈发的少年走到教练的面前，他正站在浅水里，指导一名少年安放双臂的位置，告诉他应该注意手掌的斜度，怎样把水有力地压向两边。

"以后不要迟到。"他对鬈发的少年说。少年弯下腰，用手扬起海水泼溅在自己的胸前和肩臂上，然后一步一步没入水去。

他们一起站在浅水中，把身体的大部分，包括了颈项、躯干和四肢，浸在水里，露出一个个熟果子一般的头浮在水面。他们在练习呼和吸；把手放在眼睛前面平伸出去，迅速分开，将水划后，同时略微仰起脸，深深地吸一口气，再把头埋入水面下。

沙滩的那一边，有几个小孩抱着水泡[1]浮在水面上。远一些，有一个人，借着一块胶板的浮力，沿着海岸，在用脚踢水，激起一片浪花。遇见他那次，我正抱着一块那样的白色的浮板，我还挽着其他游泳的用具，而他却空着双手。他和我一起游出海去。我抱着我的塑料浮板，他则徒手游。一直游曳在我的左右。他真像一条鱼，在水中微微一晃，就游过去很远了。

"可以试试不要依靠浮板吗？"他说。

1　水泡：粤语中指救生圈。

第二天，我把我的浮板抛在沙滩上，跟他一起游到了浮台，我很高兴，原来我可以做到了。

他们都从水中出来，走上沙滩。少年们依然围着他，告诉他游泳的感觉，并且问他那些他们永远也问不完的问题。

"学自由式游得快呢，还是学蛙式游得快？"

"如果游得好，都可以快。如果游得差，不管什么式，都慢。"

他走过来，看看这穿着蓝色泳裤的少年的伤足。涂过红药水的地方，现出一片金黄。裂缝并不深。

"阿聪今天并没有来，是吗？"他问他。

"阿聪参加拯溺班去了。"伤足的少年回答。

他把眼睛投向海的远处。在近岸的海面，他看见有人站在浮台上。再远一点，是橙色胶球围成的一条封锁线。他曾带阿聪游到封锁线一次。回到沙滩上的时候，阿聪快乐得像一只在石下纵横乱跑的螃蟹。

"我到过封锁线去了，我已经会游泳了。"阿聪叫。

他看得很远。在封锁线外，是一片广阔的海。有一些山，浮在海面上。他一直看过去，直看到海在什么地方终结。

他把伤足少年的伤口再视察一遍，然后抬头看另一边饮品部的时钟，挥手叫各人再到水里去练习。

"如果能够游得像他那样就好了。"伤足的少年在座椅上变换了一个姿态，对我说。

"他的确是个杰出的泳手,"我说,"他年轻时本来可以出席奥运会。"

"为什么没有?"

"因为遴选时受了伤。"

"嗯,所以,我是羡慕你的。"

"怎么了?"

"不是吗,他是你的朋友,他一定把游泳的技术都教给你了。蛙式、蝶式、自由式、背泳,还有其他,你一定都会。"

"不不,我并不会蝶式、自由式,也不会背泳。"

"他并没有教你怎样游泳吗?"他问。

"没有,他并没有教我怎样游泳。"我答。

一九七六年五月二十四日
二〇一六年修订

划艇

我看见一条蜿蜒的河道,近岸的码头前泊着累累的艇只。有一群人提托桨支跨下艇去了。

"先沿这条小径过去看看瀑布。午饭后,喜欢划艇的可以划艇,喜欢游泳的可以游泳。"

岸边停泊的都是平底木艇,艇身相当宽敞,和我以前划过的小艇并不相同;艇的中段两侧没有装置搁桨的钢架,这么一来,我肯定不能够运用双飞的桨式,连一手一桨的螺旋式也施展不出来。我得像此刻河上的艇中人,双手握桨,一下一下地深划。

"下了几天雨,山上的储水较多,瀑布的水量骤增了,得撑把伞才能走到对面去,不然的话,就会打湿身子,你们看,瀑扬如雨。"

这条河不知道有多长,看样子仿佛无穷无尽;刚才乘车前来,沿途看见一野飘飘荡荡发光的缎带,两岸浓浓绿,一座又一座草桥皆奔往背后去了。

"我们在这儿停留二十分钟,大家可以随意观赏,拍拍照,堤的那端,瀑布比较宏伟,山脚下尚有一幅石碑,上面刻有飞泉的字样。"

泉自山巅垂挂下来,一如梭织机上的银锦忽然漫没河心,缓慢浮近的一艘木艇划了一个弧,挨靠对岸的山脚,踏着细浪的碎步,千足虫般索索爬过。

"领队,有一桩事,必须提出来与你商讨。"

领队在掌舵。坐在艇内的一共有七个人,大半人的手中均拳握单桨,他们采用的划拨方法,属于我见过的龙舟力技,他们操纵的桨,是普通小艇的平板桨,与独木舟的双头鸳鸯不一样。

"请你替我设法调换,我实在不能再继续和那位姓邓的同一个房间,他一直在室内连锁般抽那类手卷的生切,烟味极浓,害得我整夜呛咳。"

这种艇可载许多人,那处最大的一艘,前端制作为一只天鹅,至少可容纳十二人,这艇躯体较龙舟稍短,但比龙舟宽阔,艇内也设鼓。

"领队,我也要调换。我的同房走路时随地吐痰。"

"我也要,我和玛莉最谈得来,把她调来,不然我调过去。"

我从来没有登临过类此的艇,我自忖没有能力划动这摆渡,或者我可以试试,手握桨柄,在艇的两侧分别划拨,控制艇只的原理不外是如何调度桨支让艇身在水面上轻易地滑航。

"是这样吗?可以想想办法,配合一下。"

我只划过三个人乘的小艇,划者坐在艇的中间,背对艇的尖首,必须不时转过头朝肩后观看才能把握行进的方向。或者将来的小艇应该装置倒后镜。

"领队,让我们自行分配不好吗?"

"最好最好，一个房间总得要两个人分占……"

吃过午饭，我何不去划艇。不知道可还有什么人也喜欢划艇。似乎没有人提议。他们都准备去游泳吗？

"不要把我调过去，我受不了。这人把浴室弄得像池塘，我即使踩起屠夫的木屐也插足不进。"

我没有选择的余地，我原也可以去游泳，但我没有带备泳衣。我还是待会儿下去划艇。如果没有人加入，我应该独自尝试。河水绝不湍急，即使撑翻了艇，我有能力泅泳回岸，不过是一条狭窄的河道。

"把你调过去怎么样，蓁蓁？"

我可以拒绝吗？领队是我舅父，因为团队里有一个单数的出缺，他让我免费参加，他知道我是学校里划艇的代表。

划这样的艇，就和独木舟一般。但独木舟有比较特殊的桨支，两端都可以拨水。怎么艇尾还有一个舵，必须有人在艇尾把舵吗？

"领队说，从今天晚上起，把我和你编在同一号房间，是吗？我姓邓。"

一个人能够划动这样的一艘艇吗？如果由我自己单独把持，双手握桨，哪里还有空出来的手把舵？划艇的座位设在艇的中心，但舵却设在艇尾。

"你的伤风好了吗？早几天看见你一直穿上毛衣。你不应该吃生冷的东西，我想你应该多吃水果。我带了很多橙来旅行，都在行李箱里，今天晚上回去，我请你吃橙。"

没有人提起午后游泳的事,因为没有一个人带备泳衣;但也没有人建议划艇,众人的决议是浸浴温泉。

"如果身体虚弱,我认为应该多吃鸡。你知道吗,我是养鸡的,住在上水,养了很多鸡,大约有四千只。你看我穿得还像样吗?我这般打扮是最整齐的了,在鸡栏里,我的衣衫很破烂,满身都是泥。"

这里的温泉大约是摄氏三十八度。

"我每三四个月要把一批鸡蛋拿去孵小鸡,一千个鸡蛋大约能孵八百个小鸡回来。鸡都关在笼子里,不准到处散步,要很小心看护,得给它们种痘、打针;痘都种在翅膀里,针都打在脑袋里。有的鸡要阉才长得肥,肥了就卖掉,一个鸡大约可赚十块钱。天气热的时候,鸡栏里很热,真的热到飞起,总会热死一些鸡哪。"

他一直没有抽烟,看来也不似那种抽手卷烟丝的法国人。

"他们说温泉可以促进血液循环、治疗皮肤病,但并不是每个地方都有温泉。在我的养鸡场后面,有一条河。啊,你敢坐小艇吗?我会划艇,就像这种艇,我划得多了。吃过饭,我们去坐艇好不好,就我和你两个坐一只,我划你,你一动都不用动,坐着好了,一点也不用害怕,艇很平稳的,一定不会翻侧,我保证把你划得好好的,怎么样?"

一九八〇年九月五日
二〇一六年修订

风扇

她依然一句话也不和我说，躺在床上，捧着一册外语的小说自顾自阅读，全部头肩溶在一圈金黄的灯下，我看不见她的脸。我把洗涤清爽的衣物用衣架挂好，提出露台吹晾，这个山城的雾浓，明晨也许不能干，但也只能这样了。

关上露台的长窗，回到自己的床前，解下腕表，压在枕头底下；枕边是我的一个小旅行背袋，我再次把它打开，匆匆翻检，数齐我该随身不舍的几类证件及钱币，然后把拉链复原，仍将背袋安放在枕边，随手牵过薄薄的毛巾被，覆盖在自己身上。

她为什么一直不和我说话？和她同一个房间相处已经十多天了，彼此交换的对话却连十句也不到，我从没想过会在旅途中碰上这样的房伴，在她的眼中，我大概是个透明的物体，或者，我只是房间里的一件家具、一把椅子。我甚至连她叫什么名字也不清楚，只听见她的父母唤她阿静，而她的父母，大家称他们为李先生、李太太。因此，我只能称她为李小姐。有时候，李太太会过来敲门，催促女儿起床，我就说：李小姐，你母亲来了。她并不答话，只从床上半坐起来，木着脸，直等母亲移步到床前。

我必须留意时间，留意什么时候早餐，什么时候出发，因为我的房伴不会对我做任何提点，她不会告诉我：该去吃早餐了；还有五分钟车子要起程了。甚至那次，我因为感染风寒，没有参加当日的晚会，因此并不晓得第二日的活动程序，我的房伴回来后竟一字不提。到了第二天，别人都已用毕早点，等待出发，我仍没有醒转。在我病中，我的房伴也不对我表示即使礼貌上的致意，她连正眼也不瞧我一眼，真的，她是把我当作房间里的一把椅子了，我是不能依靠别人在早上把我唤醒的，我必须自己保持警醒。

探手到枕头底下把腕表挪出来，在昏暗中隐隐看见指针是两点半，把表移近耳边，表没有停。我转身侧卧，看见我的房伴已经睡熟，手中的书本搁放在床前的小几上，那是一本诺贝尔得奖者的小说，是英文本。我第一天和她同房，瞥见她翻阅书本，内心充满喜悦，自以为这次可以结识一位喜爱阅读可以畅谈的朋友，没想到我一开口就碰了钉子，我只简约地问：是什么书，好看吗？她的话语恍若冰川，自书本的另一面逼来：还好，是个犹太作家。再也没有声音。

她现在睡熟了。我可以看见她的脸，她闭着眼睛。此刻我看见她的眼睛，她看不见我。不过，即使在白天，当她睁着眼睛，我看见她，她仍是看我不见的。她有一双橄榄果般的小眼，给我的印象本来只是蒙眬而遥远。我想她的年纪不会很轻，因为在她双眼两边均出现了鱼尾纹，或者她依然年轻，不过由于皮脂天生干性，才令她显得有点苍老。我第一次看见她，她架着一副玳瑁颜色圆框阔边的眼镜，翌日，她忽然不戴眼镜了，又因为更换了衣衫，使我几乎认错人，误以为错闯了房间。我认为她戴上眼镜时模样端淑娴雅，但她大概不喜欢眼镜，自信有清澈明澄的眸子。

我并不与这位李小姐同桌进食，这使我获得喘息。和她共处，我总感到背后隐隐有股奇殊的气旋，意欲把我卷没，而我一向怕冷。因此，我在饭桌前保持了我原来开怀的心境，和我同桌用膳的皆是些性情舒泰心灵清平的人物，我等相处融洽，每日三餐笑话丰溢，他们各自有说不尽的故事和经历，在我听来都新鲜。在我病倒的日子，他们完全禁止我触碰辛辣的食物，并且把水果在我面前砌叠成墙，他们每日一再向我发问：吃了药可好？又坚持我必须披上外衣。

李在别的一桌用饭，我不知道她是否也不与任何人交谈，对于她的一切，我一无所知，只从众人辗转的口述中获悉一点端倪。有时候，李太太和其他上了年纪的妇人落了后，坐在石凳上闲聊，就会心满意足地透露，她的女儿是高等学府的毕业生，是有教养的知识分子，目前在一间名校担任吃重的英语教职。憩息于凉亭的妇人们聆听李太太娓娓陈述，准备其后再加以转述之际，我们已经可以听见被描述的女子洒丽清脆的嗓音，犹如一朵朵的风媒花：来，长短镜，我想拍这些垛城；来，长短镜，给我摄这道护城河。

叶是我们这群人中的摄影手，无时无刻不背负沉甸甸的摄影箱，我们总是看见他亮出不同类型的摄影机、长长短短的圆镜、能屈能伸的脚架，因此，自第一天开始，他的名字即被烙印为长短镜。叶整天忙于为这个人那个人用他们的摄影机拍照，几乎连提起自己的摄影机的时间也没有了。除了照相,众人还懂得摊派给他其他的工作,找他寻觅走散了的队友、找他陪伴年长的妇人出外购物、找他提携累累的行李、找他负责小组的事务;可是一旦到了分派房舍的时候,叶得到的居所常常是楼宇的高层,说不定没有电梯,走廊的尽处,火热狭窄的小室。但他看来满不在乎,总是微笑、走路、攀山、拍照,寻找更阔的视野,登上更高的山岭,不出一句怨言,并且随时对每一个人伸出扶助的手。

　　我并不是为了照相才到外面来旅行的,我背起行囊,是想出外好好地观看,站在任何的角落,从不同的角度,去看山看水,去看静态或动态的人。除了观看,每到一个小城,我会寻找一些可以带回去留念的事物,一个泥人或者一个手编的竹篮,好送给朋友。他们选购了大量的鹿茸、冬虫夏草、天麻、杜仲,一包一包的发菜、南枣、茶叶,甚至整盒的皮蛋,我只围着体积细小的陶鸭、木的柳叶刀、纸糊的老虎。对着一个充满民族色彩的刺绣背袋,颇为昂贵哩,我着实需要考虑。

　　喜欢的话,就买吧,叶说。

　　很美丽的背袋,买下吧,叶说。

　　叶喜欢过来看我选择小巧的手工艺品,他总是跑到我的身边,静静地站着,看我这次又找到什么。刺绣背袋我再三斟酌,终于没有买,但过后又有点后悔,我再没有遇到这么漂亮的刺绣背袋。不久,大家都知道我喜欢搜集各地的手工艺品了,竟一起自动替我留意起来，无论走到什么地方，我忽然会听到他们把我寻找：杨小姐，这里有木陀螺，要不要买木陀螺？稍后，他们不再称我杨小姐，只直接叫唤我的名字，他们会从小店的另一端传话过来：淑群，这里有蓝印花布的背袋，你一定喜欢。是的，蓝印花布的背袋，我是那么地欢喜。无论是木陀螺，还是纸翻花，叶都跑过来看了。一套《西游记》的木偶，一个玻璃弹子的万花筒，他都要捡起来瞧个够。当我刚把新买的一串竹筷塞进背袋，他看见了，也不说话，自去把筷子取了出来。买蓝印花布的背袋时，每个人都那么起劲。真是一群热闹的朋友呀。

又有背袋了，叶喊。

是蓝印花布的背袋，叶喊。我听见雨声。从枕头底下掏出腕表，是四点一刻，我掀起床，悄悄推开露台的窗扉，外面果然下雨了，雨线直悬，并没有飘起来。我把自己的衣物移挂内侧的箱上，反手想把李的那些也移转位置，但不知道她是否会因此要不高兴，这使我恒定在空间的手势一时收不回来，双手提着她的一件胸衣，但觉僵结而凝重，不明白为什么一个女子要披上如此坚硬的外壳。

我没有挪移李的衣物，掩上长窗回到床边；床前的风扇发出咯咯的蛙鸣，风势甚猛，我尝试把风力转弱，但我碰上的是个殊异的风扇，只有开和关，不设风速以及定向的按钮，眼看风扇不停晃摆，每次摇过来，掀起令我窒息的气流。我想过把风扇拧熄，但不知道又会否招惹房伴的怨怒，或许她跟我不同，是一位极端畏热的女子。我只好蜷缩在席被底下,忍受越夜越凉的寒意。

李的眼睛不知道好了没有,今天,她的一个眼睛肿了,据李太太的解释,是由于隐形眼镜戴久了的缘故。齐集在接待室的大堂喝茶时,李不断用纸巾擦眼,众人乘电梯往上层观看江水,她说不去了,于是一个人静坐不动。我们在江边远眺,仰望雄伟的大桥,却听见一个熟悉而令人诧异的声音:长短镜,过来,火车来了。替我把火车连桥一起摄下来。

李着实令我吃惊哩。早上穿上一袭露背的衣裙,内衣的肩带歪歪斜斜地曝赤体外;到了下午,她忽然换替紧窄的棉恤,配上极短的骡布热裤,密封霜白的丝袜,足蹬半高跟皮鞋,她的洗后略呈变形的棉恤牢牢地缠裹着她的躯干,使我忆起她的沉坠冷硬的内衣,但见她湿着一边半红的肿眼,挺着奇异的胸脯,和我第一次相遇的她相比,完全变了另外一个人。这就是我的房伴,一个晚上宁谧地躺在床上阅读辛格小说的女子?

她闭着眼睛,因此我不清楚她的眼疾是否已经无碍,晚饭之后,她回来时,我也没有机会询探,她仍像别的日子,抛下饭碗抢上楼来,冲进浴室,过了很久才从内室冒出,仅披半身的内裳,上体不知裹了团什么,使我畏窘到束手无措的地步,不晓得该把视线安顿在什么地方,我一直害怕看见穿戴出常的女子;我只得急急携捡自己的衣衫,隐进套室,当我出来,她已经躺在床上,扭亮床壁的小灯,摊开一册书,书本遮盖了她全部的头肩,我看不见她的脸。

我们碰上了雨天，江水泛滥了，小城的街道上有人撑船，所有的人高擎伞把，仔细涉水。叶没有伞，只带备一袭及腰的风衣，他把套帽翻上，雨小的时候缓慢地跟着大伙儿走，雨大些就作缓步跑。雨渐繁密，众人把伞压低，仿佛一头一头的蜗牛，所有的脚努力试探石块，寻找沙洲；全部的手想尽方法把雨水排挤伞外。雨越下越大，各人把自己防卫得更严密，李忽然展开一把色彩郁郁的油纸伞，躲在伞下，朝目的地急急进军；叶在雨中速行，直奔至一外檐下才停止脚步，卸脱风衣，挥抖满身的雨水。雨那么大，风衣显然收不了任何庇护的作用，经过檐下的人，提扯裤管，紧按相机，撑着伞一个一个过去了。长短镜，我要拍这头铜狮；长短镜，给我摄这朵石莲。所有呼喊长短镜的声音突然迷失。长短镜独自避雨檐下，扬泻风衣上的积水。我说：让我打伞，送你这程吧。他笑起来：自己可以了，跑跑就到了，抖散遍体的水珠，把风衣撑越头顶，踏步扬长跑去。于是众人站在博物馆里惊叹一座战国编钟的华采，捕捉钟底清劲古远的楚声，李抢到最前哨的位置，点顿她智能的头手，对编钟激赏不已。叶停立大堂黝暗的一隅，静观这群灰蒙蒙闭着嘴巴刚自泥土深处苏醒的铜铃，他整个人从头到脚都湿透了，雨水不断自他肌肤滑跌，仿佛他已变为涨升的江流。

雨一直跟随我们，沿途一片泥泞，连庙宇内的贴金菩萨也好像由于土地的潮湿而坚持坐镇神座的高处，年长的妇人们纷纷跪下去膜拜，把香枝点燃，把纸币撒下木箱；我止步柱间，仰望这崭新粉饰的殿堂，悬挂起无数彩缨玲珑的垂幡，当我低头，我看见地面上铺陈起美丽的草结蒲团。

来敲敲木鱼，叶说。

叶递给我木鱼的小槌。

来打打鼓，叶说。

叶把鼓棒交到我手中。

叶总是微笑，语音中凝聚着快乐。我在木鱼和鼓声中却看见一只风眼在急速旋转，风暴正在形成，烈风自背后呼呼劲吹，风暴要来了。风暴朦胧而遥远，却似摆晃不可控制的风扇，吹得我遍体生寒。我的病还没有复原吗？为什么会立足不稳？脚步浮移，满地的泥斑是这般湿滑，我必须仔细踏步。风在狠狠把我吹袭，我怎么一脚踩下去空茫茫的，这究竟是怎么一回事呢，是谁的手把我扶持，使我不致滑倒？差一点，我就跌倒了，差一点，我就会变成一只泥鸭子了。让我先定一定神吧。

站得离你远了些，叶说。

没能把你扶好，叶说。

我仿佛又看见背后的风扇隆隆地摆动，那风扇是要把我从地面拔走，把我卷得无影无踪的。我感到寒冷。从枕头底下移出腕表，六时刚过，天已经白，我还是起来的好。我轻轻赤脚步出露台，呼吸这山城晨早清苏的空气，晾衣架上的衣物都没有干，但雨已停歇，空气中弥漫着植物芬芳的甜味，我看见露台下面的花径里有人耍拳，有人跑步；我看见叶蹲在一丛矮灌木前给一簇花特写，当他抬起头来我们高兴地挥手。他依然开朗愉快，看来没有一丝困扰，那么，早一个晚上，我在轮渡看见的难道不是他，但我明明听见晶的惊呼：长短镜，看你把我吓一跳，为什么一个人在黑暗中坐在门槛上，室内有灯，为什么不亮灯？我听见脚步声，自长廊的那端姗姗前来，突然停顿，继续起步，逐渐远去。

　　李还没有醒来，天已经亮，晨光平涂在她的面颊，现在我可以看清楚她的脸，她似乎是不快乐的，在熟睡中仍苦绷愁颜，紧皱眉心。她其实是个典雅的女子，相当庄重温柔，如果她有比较开放的心灵，彼此何尝不能成为朋友；我们大概都会同样对一座战国的编钟目定口呆，同样惊诧于江峡的山水，同样在空闲时阅读各类的小说，有什么不可以细细畅谈呢，但在她的眼中，我是一个完全透明的人。旅途结束之后，我可能不会再见到她了，她也必定不愿和我交换地址和电话，不屑在船泊岸时和我道别，说一声：再见。

　　船一泊岸，大家自然是四散了，谁会和谁说再见，谁真的希望再见到谁？各人将忙于整理自己的行囊，有人开始数查一沓厚厚的发票，担心怎样把那么多的药材带过关卡；有人对着染满蚂蚁的衣箧诅咒；有人摇拨长途电话通知自己的家人到码头接船；有人在旅途里已经计划下一次的旅程；有一对夫妇说一生一定要去一次南美洲，他们不是去过了么？各人的脑中充满另外一批脸，面前的这些人忽然变得迷糊起来，他们都是谁？一群和自己毫不相干的人吧，不过是偶然同车出游的陌生人吧，在以后的日子里，承受着时光的冲擦，将被一个一个抹得干干净净。你是谁？一个寂寞无名的小巴司机，在大屿山的烈日下淌汗营生。你又是谁？一名衣衫褴褛的老妇人，在上水养着一群鸡鸭，摄氏三十八度的日子里，应该怎样才能维护鸡只的生命？你们又是谁？无所事事栽花度日的文婶，一路唱歌的阿丽，旅程结束之后，你们将会成为朋友么，还是，终于也不外是逐渐把一切淡忘了？那么，李呢，长短镜呢，在以后的日子里，她会在吃饭、乘车的时候，仍要坐在他的身边？会在学生、朋友、教员、亲戚的面前，仍旧亲切地呼唤他的名字？如今，大家的照相机都收藏起来了，每人的脸上呈现倦容，没有人再说：长短镜，我想拍这过渡的船；长短镜，给我摄日出日没。或者，游戏也已经结束，一切都变得现实起来，旅途中的慷慨、潇洒、豪迈、浪漫，仿佛一团团用后报废的纸巾。众人眼中的长短镜，大抵不外是一具活动的摄影机，在过往的旅程中，曾经出现过别的长短镜，在未来的旅程中，将有新的长短镜走来，游戏已经到了结束的时候。

　　船终于泊岸，各人从不同的座位站立，挽提自己的行李，争先竞夺上岸，他们奔向出租车的总站截取最先驶来的车辆，他们赶去跃登第一艘靠岸的新船；有人被接船的人围聚在圆心，有人不停掏硬币拨电话。码头这边不久就空荡荡了，置在铁栏的旁边，一个咿咿哑哑的皮箱在地面上被拖得摆晃不定。一船的人忽然散尽，三五成群的人，踽踽独行的人，连绵隐隐。李在父母与行装之间，忽然抬起头，款步走向我，从布袋里掏出一件东西。给你。原来是那个民族刺绣背袋。还有这小说，我看完了，也给你。我来不及反应，她转身走了。花彩的裙裾在苍茫的暮色中流失，这位我相处十多天的房伴，我始终无法写出她的名字。

我的一个小衣箧很久才从运输带上传下来，这衣箧和我出发时没有多大的分别，依然很轻，我喜欢轻便的行囊，这使我在旅途中没有什么负累，衣箧内如今多了几个绣花或印花的背袋，泥人和竹筷，木刀和剪纸，我将把它们分别送给我的朋友，并且告诉他们，这些带自远方的事物，是我在旅途中认识的或者来不及认识的朋友，每到一个地方，替我留意，为我提示而得来的，他们曾在不同的城镇，恳挚地把我呼唤，告诉我，那边有一种泥塑的麻雀，吹奏起来，隐约蓄含溪涧的水声。

我提着行李步出围栏，叶还没有离去，站在码头的出口，背着艳阳色的背囊，肩负摄影机，他的微笑依然温煦而晴朗，他说，你的行李这么轻。我说，是的，我的行李轻。在旅途中，他曾经受过一点伤，我想他大概已经痊愈，因为他看来步履轻快，神采飞扬。再见，他说。我说，再见。

一九八〇年九月十五日
二〇一六年修订

冰箱

我们在摆开的地图上,用铅笔圈住了一个名字:三地门。地图上有两道河水,一条叫南隘寮溪,一条叫北隘寮溪,三地门就在河道交汇的西北方。河流的上游棋布着鲁凯族其他的村落:伊拉、华蓉[1]、雾台、去怒、阿礼、好茶。更西的远处是大武,更北的极端是排湾族的大社。

"能上雾台吗?"

"山路已经开发到伊拉。"

"必须乘搭铁牛车才能上山。"

"但我们并没有入山证。"

一份文字的数据这样简单地报道:山路蜿蜒,盘旋曲折。左边是峭岩巉壁,右边是万丈深渊;远山青蓝,近树翠绿,漫山遍野海棠。

于是我们整理行囊,从屏东起程,上三地门去。我们决定每天到一个新的地方住宿。还有许多地方我们要逐一前去,还有更多的生活我们需要去一一了解。

"他们仍在头上戴很多的花吗?男子戴白色的山百合,女子戴菊黄的金针花?"

---

1 1982年,该村落由"华蓉"更名为"神山"。

"除了花，还有鲜果串成的环形头饰，使用的材料有槟榔、小橘子、五彩辣椒和一种叫作加拉加的双色浆果。"

"还有鹰羽和山雉毛，甚至活生生的纹黄凤蝶。"

"他们的颈上会挂珠串，那种珠子，叫作古琉璃珠，上面有复杂美丽的花纹。"

"他们衣服的袖口、领围、前襟和裙缘都绣着图案，刺绣的方式有十字绣、缎面绣、销针绣和圈饰绣。"

"十字绣上有八角星形纹，缎面绣上有菱形纹。"

"刺在衣边的图案都是枝叶形纹和方格交错的螺旋纹。"

"我们必须注意他们的雕刻。"

"居屋上的立柱、檐桁、壁板、床沿、天花板上都雕着蛇纹、蔓草纹或风车纹。"

"谷桶、匕首、番刀、木楯、单杯、汤匙、木梳、烟斗、火药筒、杵臼和木枕等等，则刻上金钱纹、重圆纹和曲折纹。"

在车子上，我们谁也没有打瞌睡。我们曾经在不同的地方停驻，很多时只为了那里的山水和古老的村落，譬如佳乐水、淡水和垦丁的海岸；譬如鹿港、板桥和南方澳。可是如今我们不再只为了看山看水看古老的小巷和村屋，我们是去看看鲁凯族的山胞，他们的风俗和生活习惯，对我们来说，充满色彩与传奇。

"他们还文身吗？"

"他们还用紫茉的汁液染黑齿面吗？"

"他们仍过渔猎生活吗?"

"他们仍出草吗?"

"他们仍住板岩的地室吗?"

"他们仍种植小米、地瓜、花生?"

"树豆和旱芋吗?"

"他们仍吹奏那种乐器?鼻笛、弓琴?"

"臀铃和杵乐吗?"

车程是悠长的,我们继续谈及三地门的种种色彩,一面对着车外的悬崖和峭壁惊呼起来。车子不断盘旋上路,空气越来越清凉,我们终于到了海拔很高的地方,而且经过了无数的山。

"鲁凯族是原始的民族。"

"歌舞的民族。"

"猎头的民族。"

"百步蛇的民族。"

抵达三地门的时候,已经是午后。从车上下来,我们沿着一条弯弯曲曲的小路步向对面的一座山。山坡上长满各种树木,许多不知名的植物,偶然有一些很小的花朵从杂草中探出头来。没有人知道,它们会不会就是山百合或者野海棠。

在我们的身边有几个小孩,赶着一头牛,穿着素色的衬衫。女孩子穿花布短褶裙,男孩子着短裤,脚上都踏帆布鞋。他们的头发很短,有的梳辫子,就像任何的村童一般。我们步上斜坡,转到山的背后，在两座大山之间，我们看见一座钢骨水泥的大桥，沉重的货车载满了砖石在桥上缓缓地驶过。我们一面过桥一面打开地图，这个地方曾经有过一座绳索的吊桥，现在已经改建为更坚实耐用的桥梁。

过了桥，我们步入一片广阔的空地。在山坡上，我们看见一排一排的茅屋：简陋，但整齐。妇人在屋与屋之间走动，穿着布衬衫、布裙子，普通的衣服。没有一个人的手上脸上有刺青，没有一个人的头上戴五彩辣椒和槟榔，也没有一个人的颈项上挂琉璃珠。

我们沿着小村慢慢走，屋子的门楣上并没有蛇纹的雕刻，门外没有杵臼，一张矮小的木凳上没有四叶形纹的图案。在一扇敞开的门背后，我们瞥见了一个白色的冰箱。冰箱，我们禁不住惊叹。四周一片宁静，人们生活，人们工作。我们只看见居住在这村落的人有黝黑的太阳色皮肤和晶亮明丽的大眼睛。

没有板岩的地室，没有染黑的牙齿，没有刺绣的衣裳，没有鹰羽和山雉毛，没有番刀和匕首，没有谷桶和木楯，没有出猎的鼓声。我们站在山坡上，遥望底下宽阔的灰尘翻飞的桥道，又有一辆沉重的货车驶过桥去了。

"这里是三地门吗？"

"是的。"

"这里是鲁凯族的村落吗？"

"是的。"

"感到失望吗?"

"我想,或者,我们应该感到欣慰。"

一九八一年六月十四日
二〇一六年修订

浮板

我的游泳老师如果看见我现在的这个样子，他将要怎样地摇他的头啊。此刻，我站在泳池的边缘，站在才四尺深的水中，背脊平贴着池边的砖，呆呆地瞪着面前的绿水。我并没有游泳，我只是站在水中，因为我的手中并没有浮板。

跟游泳老师第一次上泳棚的时候，看见了水是那么地欢喜，两只脚兴奋地踏在嘎嘎发声的竹梯上。泳棚沿海搭建，水深都超过十尺，而我是一个不会游泳的人，但我并不害怕。老师给我一块浮板，那是一块结实的木板，很重，但落在水面，竟轻飘飘地浮起来。老师指导我如何左右两边扶按木板，让自己浮在水面，并且踢踢脚，使自己前行。起先我紧紧地按着浮板，就和浮板一起沉下水去了，身体也倾侧起来，还狠狠地喝了好几口水。后来才体验到一点儿也不必用劲，该把自己当作是空气，才在水面浮起来。

整整的一个星期，我扶着浮板，依靠双腿的蛙扒，使自己前航，在一条泳线之内，来来回回踢脚，有时候偶然也喝一口水，但身体总能够保持平衡，越游越轻松了。并且依靠浮板的力量，跟着老师出海，上了浮台。站在浮台上，竟敢直挺挺地跃入水中，冒出水来，浮板已经在我的面前了；老师并且教会了我跳水，把两脚的大踇指紧按着浮台的边缘，吸一口气，弯腰，用力一撑，双手挥拨到耳朵背后，整个人轻轻前纵，插入水中。我记得老师说的话：把手指向上指，可以很快冒回水面；手指朝下，可以深潜入海。每次当我冒出水面，我立刻看见了我的老师和我的浮板。

是在学会跳水之后，老师才带我去沙滩上，站在岸边浅水里，用手拨水；一面拨水，一面有规律地把头埋入水中呼吸，然后学习平伏在水面，手一下、脚一下，配合着移动，就这样，我学会了游泳。不久，跟着老师，也能够出海，游到浮台，从浮台上轻轻一跃，就能潜离八尺远。

学会了游泳之后，我竟再也没有见到我的游泳老师了，也没有见到那块结实的浮木板。为了便于练气，我自己另外买了一块塑料的浮板，每次出海游泳都带着它。因为有了浮板，我竟变得懒惰了。我喜欢把头侧卧在浮板上，轻轻踢踢脚，缓慢地在水中行进，这样子，游着游着，浮板成为我身体的一部分，成为我的手、我的脚，过了许多个夏天。

这个暑期，由于来往海滩的路途遥远，我改了前往市区内的泳池游泳，我挟着我的浮板到来。到了泳池门口，我才惊觉，泳池不同海滩，浮板是不容许带下泳池的。没有了浮板，我不得不试试自己徒手游泳。多年来一直依靠那么一块浮板，我发觉我原来不会游泳了，呼吸怎么会那么急促？心里怎么会那么慌张？身体也歪歪斜斜摇摆不定，手和脚变得陌生起来，并不能好好地配合拨水。我手忙脚乱，喝了不少水，结果站在池边呛咳起来。

没有了浮板，我该怎么办呢？站在池边，双手空空的我，简直像一只胆怯的松鼠。我可以看见泳池底一条一条的横线，一条、两条、三条，大概一共是七条吧，七条横线把泳池纵切为八等份。水面忽然扬起了水花，横线都看不清楚了，是一个以青蛙姿势的人游过去了，另一个，以自由式的捷泳左右左右冲过来。波浪都冲到我的脸面来。我感觉如果移动一下，池畔的一条水管同样会有猛烈的激流冲撞出来，使我站立不稳，我只好避开了那股水流，畏怯地缩在一个角落里。

我看见面前的一些人，游着蝴蝶或水蛇的姿态。有几个人，悠闲地已经来来往往了许多个转次。即使在我身边的几个小女孩，曾经像我一般犹豫了许久，终于也咕噜一声，扑进水里，手脚扒动，跌跌撞撞地朝前面游过去了。我于是问自己，我到泳池来是做什么呢？

会游泳的是浮板，而不是我？我想，一切都可以重新开始的吧，让我不要再依靠任何的浮板，让我先学习在水中拨拨手，把头埋入水中呼呼气，然后，让我平伏在水面，冷静地、缓慢地拨一下手，踢一下脚。是的，让我重新开始，找回游泳的记忆。

一九八一年八月二十七日
二〇一六年修订

几句代跋

《石头与桃花》分两卷，卷一是西西近年的作品，大抵是从二〇一五年至二〇二〇年；卷二是旧作，最早的一篇远溯到一九六一年，是一则爱情小品。卷一占去大半篇幅，无疑是重头戏；余下的就当是主菜之后的甜品吧。何妨改变习惯，甜品先尝。书名的"石头"应缀自其中的《石头述异》，"桃花"则是《桃花坞》。不过，植物可以勇敢地从困难的石隙中茁长，我们又何妨运用联想，桃花从石头里舒伸。

《石头述异》一篇，我告诉她我写过《石城述异》的散文，写的是游石城佛罗伦萨的印象，她说记得，但不妨事。其实她的石头小说，灵感也来自我和三位朋友游历山东武梁祠的经验，多年前她对汉代画像石已很有兴趣，多方搜集资料，早就先我们到过武梁祠，只不过是卧游，她尤其念念不忘石刻中七女复仇的传说，一直想写。她要我仔细地把游历的过程转告，加上参考朋友和我拍摄的照片，到她写出来，我们都很惊异，她转化和想象的能力。小说中可以看到她对事事物物寻根究底，镇定、从容，不减当年。希望她的读者也有耐心，随她一路追索，像过去她写的《图特碑记》《肥土镇灰阑记》。至于《桃花坞》，跟另一篇《星尘》，都运用了科幻的手法，且有元宇宙（metaverse，或译魅他域）之思，都有深意。《星尘》中她模仿猫儿花花的语言，花猫一直是吾家主人，从多年前的猫儿妹，到花花，然后到如今的妹妹，都是她的异类挚友，经常出现在她的散文里、诗里，其中花花活了十九年，和西西最要好，她聆听到它发出不同的声音，表达各种意见。在《桃花坞》中，花花一变成为一座超级计算机。集中最长的一篇是《土瓜湾叙事》，曾以小册子形式附在一本杂志中，是用散文、小说和诗去写一个她熟悉的地方，里面也见花花的身影；另有前言，这里不再重复了。

卷二的旧作曾先后在报刊上发表，篇幅都较短，找回后改正误植之类，改得最多的是《一封信》，发表于一九七四年，二〇一六年修订，已近乎重写。两卷小说俱未曾出书。

去年（二〇二一年）四月西西入院留医一月，才知道她曾中风，幸好不致太迟，住院期间得以详细体检，对各种疾病下药，改正长期不妥的饮食习惯（缺钠、营养不良等等），如今身体反而好多了，只是已难以再执笔写作；毕竟年事已高，也不宜在这方面用神。这书是我受命替她整理文稿的安排。她对自己已经发表的作品，过去真可说视如敝屣，发表之前用心经营，发表后却很少剪存，剪存了也藏之太密，往往不易再找出来。长期以来，她专注写作、阅读，精神许可的话，旅行。例如《我城》《候鸟》《织巢》《试写室》等书，都有赖朋友提供剪报。右手失灵之后，二十多年来，熟悉的朋友都知道，通讯、文稿的处理，都由我代办，有时甚且让我决定。我当然义不容辞。不过，在差不多完成长篇《钦天监》时，经朋友提醒，她做了一纸委托声明：文稿交我全权管理；其后并经律师验证。这果尔有先见之明，因为过去书刊转载她的作品，大多取得她的授权，却偶有不曾征求她的意愿；前年更有人要翻译她的作品，径向香港艺术发展局申请资助，并称已取得她的同意。只能乐观地说，这或是出于误会，没有沟通之故。翻译她的作品，自是无任欢迎，只恨太少，但不可不知要经过合情合理的程序，作者的权益必须保障。这书卷二的作品，也是朋友辗转找来的，重新打字，她看了，初觉面善，终于相认。

何福仁
二〇二二年一月

小说发表日期（*并不等于写作日期）

卷一

  《文体练习》：二〇一五年五月

  《仿物》：二〇一六年十二月

  《星尘》：二〇一七年二月

  《石头述异》：二〇二〇年八月

  《桃花坞》：二〇二〇年十月

  《土瓜湾叙事》：二〇二一年九月

卷二（全部于二〇一六年修订，有的近乎是重写）

  《离岛》：一九六一年一月三日

  《一封信》：一九七四年六月二十日

  《我从火车上下来》：一九七六年三月五日

  《泳》：一九七六年五月二十四日

  《划艇》：一九八〇年九月五日

  《风扇》：一九八〇年九月十五日

  《冰箱》：一九八一年六月十四日

  《浮板》：一九八一年八月二十七日